世界華文作家交流協會 編著

代序

心水

世界華文作家交流協會部分文友、應本會名譽顧問、廈門福佳斯集團董事長黃添福先生之邀，到廈門與武夷山觀光一週，組成了十六人的采風團。於2015年4月11日、文友們分從歐洲、美洲、亞洲與澳洲等地區蒞臨廈門福佑大酒店報到，展開了為期七天愉快的閩南與閩北的文化采風活動。

作家文化采風團與一般的旅行觀光者差別是，後者星散後個別留下大量景點照片紀念；前者則除了相片外，尚會將見聞、感想化為優美文章再結集成書。選集出版後不但是個人生活記錄的雪泥鴻爪，也將會在個別讀者及各地區圖書館留存，成為浩瀚文學史中的點滴。

讓我代表本會同仁、衷心感謝黃添福董事長的慷慨解囊，促成了此次機緣，使分散世界各國各地區的文友們，從神交而能相見相識，更因此選集的發行、彼此能從作品中交流，恰恰是符合了本會創立宗旨。

初始在邀請函中的君子協定，是每位參加的文友，都要交功課，每人至少提交五千字的散文作品。沒想到書成時，呈現給讀者們的是繽紛多元的選集，包括了散文、小說、漢俳、短歌、詩作品、報導等多類文體。

包括林繼宗、楊菊清、林錦與姚茵等四位博士學者的文類已含括了小說、散文、詩作。新疆羊毛專家楊菊清文友利用采風後還專程訪問了在廈門的同業，因而撰文介紹了有關廈門人對羊的喜愛，雖是題外話，卻頗有閱讀價值。

艾禺文友不愧是本會稱職的中文秘書，去年主編了《寶島閃爍》文選後，此次又被我委託再次擔任編務工作。以極其快速的效率，在截稿後不到三週就完成了此書的編輯。當然、接下來的校對是另一位中文秘書婉冰的任務啦，特此向這兩位文友致謝。

讀艾禺的小說《心的旅程》令我擊掌、題目完全符合本會采風團的定義，思量後決定借用這篇佳作之題當書名。

來自長沙的曹志輝文友、在旅途中很高興的向我展示她剛剛接獲喜訊，被國家評為「一級作家」，她創作散文之典雅優美，絕對無愧於這個稱號。團隊中另一位「一級作家」是居住邯鄲市、本會副秘書長張記書兄。他早已被評為中國微型小說十大作家之一。此次不但提交了〈廈門您早〉，令我意外的是給團隊中的文友們贈送詩作。

林繼宗是潮汕文學院院長、作品推崇了廈門人種種美好；因其慈親與母舅兩位至親定居廈門、有感而發的文章自然真情流露。

兩位著名詩人是香港秀實與河南王學忠，提交散文而非詩作品，詩人撰散文，必然是「詩情畫意」；秀實不忘在散文中嵌入其詩作，頗有匠心。王學忠的詩作品名聞中國詩壇，是有名的當代華文詩人之一。在武夷山下山時、受內子婉冰之託、照顧扶持老朽，實在令我感激萬分呢。

朵拉副秘書長是東南亞華文文壇極負盛名的多產作家，本身又是畫家，因而對花情有獨鍾，畫花寫花，真是意在筆先，文字功力獨到。

張奧列是澳洲著名文學評論家，也是主編，描述廈門的霧，在霧中看廈門的朦朧美，筆鋒一轉又介紹了武夷山見聞。

高關中是現代徐霞客，到過世界一百零幾個國家；寫起人物來，彷彿是得心應手的記者；專文推介了黃添福董事長，讓讀者們對這位樂善好施、為富而仁的成功創業之星有所瞭解。

住在柏林的倪娜，分別撰了散文與雜文，以敏銳眼光看故國種種，去過大陸觀光的讀者們必會有同感。

姚茵博士的短篇小說《歸鳥》、與艾禺不約而同的將采風景點作為背景；由於她錯過了首日行程，在自由活動的賦歸前一日，還專程去鼓浪嶼獨遊，是為了能提交作品，認真創作精神值得向她學習。

全團最年輕的作家是來自潮汕、只有三十餘歲的辛鏞，散文優美，難怪深獲林繼宗院長的厚愛，他如能堅持創作將來必成大家。

林錦博士的多篇詩作品，與婉冰的漢俳詩、短歌真有異曲同功之妙，為選集增添了幾種文體。

朵拉的推薦、采風行程結束後、愚夫婦始有緣到漳州觀光兩天，除了和她一同在閩南師範大學文學院、與同學們分享創作心得外；更蒙黃金明院長導遊名聞遐邇的土樓與華安區奇石。因此收錄〈華安奇石千姿百態〉的拙文，另一篇介紹我童稚期居住過的家鄉古宅大路。

盼望心的旅程這冊文選，能為未曾蒞臨廈門與武夷山的讀者們、傳達景點之美與當地文化風俗，開卷而能有所收益。最後、為本會文友們有此機緣在老朽家鄉相聚共遊，再次感恩黃添福董事長的慷慨贊助與熱情招待，也謝謝艾禺、婉冰兩位中文秘書的辛勞，有緣希望采風團的文友們能再相逢話舊，是為序。

2015年7月22日於墨爾本仲冬

黃添福董事長（前座右四）與全體作家合照

黃添福董事長（前座左三）與全體作家們合影

黃心水秘書長代表本會贈送會旗予黃添福董事長（右）

黃加自老先生（即黃添福令尊翁）與心水

左起：林錦、王學忠、張記書、張奧列、心水、朵拉、婉冰、艾禺、倪娜、曹志輝、辛鏞、林繼宗（攝影——高關中）

黃加自、黃添福父子與全體作家們合攝於福園外

左起：楊菊清、倪娜、心水、婉冰、朵拉、張奧列

鼇園

左起：高關中、艾禺、王學忠、心水、婉冰、倪娜、辛鏞

武夷山

武夷山

左起：高關中、林繼宗、王學忠

鼓浪嶼

張記書、林錦、秀實、朵拉

目次

Contents

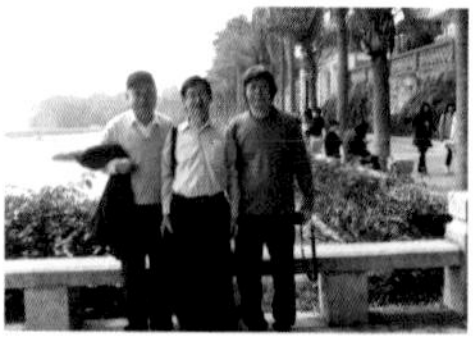

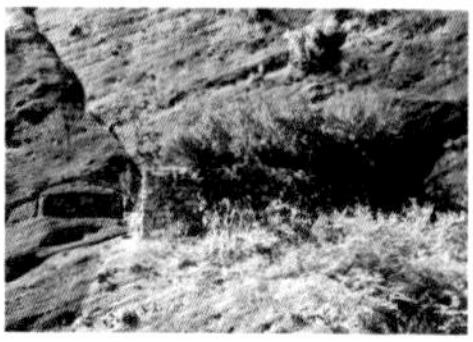

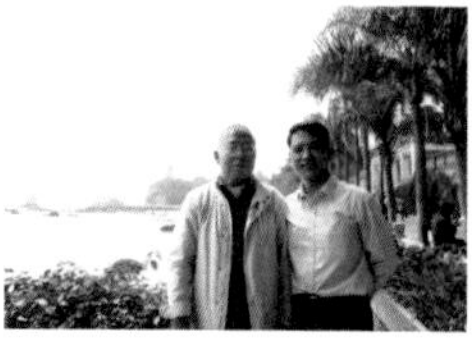

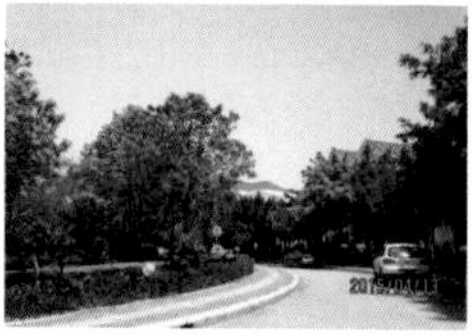

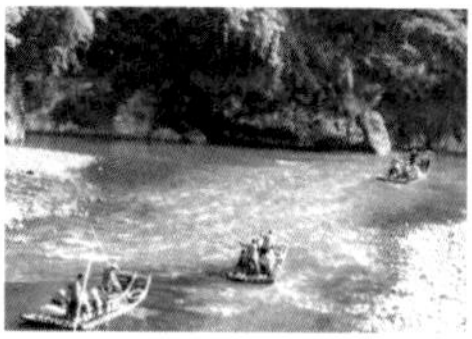

心水

原名黄玉液、祖籍福建廈門翔安，於南越巴川省誕生。1978年攜眷海上逃亡，在怒海上賭命13天，最後淪落荒島17日，後獲救到印尼，翌歲3月被澳洲收留，定居墨爾本至今。

業餘喜好文學創作，已出版兩部長篇、四冊微型小說集、兩本詩集和兩部散文集。

共獲臺灣、北京及澳洲等地十三類文學獎，並獲澳洲聯邦總理、維州州長及華社團體頒16項服務獎，2005年獲維州總督頒多元文化傑出貢獻獎。

三首詩作英譯入編澳洲中學教材、四篇微型小說入編日本三重大學文學系教材。作品被收入多部辭典，小說、詩作入編澳洲華文文學叢書。

現任「世界華文作家交流協會」創會秘書長、「世界華文微型小說研究會」理事。中國「風雅漢俳學社」名譽社長。

大夫第門前古井

我稚齡四歲時與才兩歲的二弟玉湖，隨著雙親從出生地越南巴川省回歸福建故鄉；當時只懂得講潮州話的我，被鄉裡童伴們視為「番仔」，成了他們嘲笑對象。在住下來的兩年裡、我終於完全掌握了閩南鄉音，再變回道地的福建人了。

由於先父是南洋海歸的資產階級，在中國即將全部飄揚五星紅旗的初期、匆匆攜帶妻兒再次拋鄉棄國，重返南越。鄉情濃厚的父母，閒談中經常對我兄弟描述福建新墟農村古宅大路的家園。每說起唐山，雙親在濃濃鄉愁中、總有談不完的話題。其實我們早已不復記憶，只能從父母侃侃而談中、得悉那棟名聞遐邇的「大夫第」古色古香的四合院。

大夫第正門前有一個古井，古井斜對著廣場，夏天晚飯後、各房親人的童伴們都會在空地上嬉戲。尤其是繞著古井奔跑，幸好那口圓井的高度有一公尺左右，我們才不會發生墜井的意外。

先曾祖黃公留下七房兒孫，我們家是第五房，也是唯一移居海外的家族；第二房的繼承者奕獻堂弟去歲末已離世，他的兒孫們早已遷往同安區定居。第七房的黃加自叔父高齡已近九十，其長孫女舒婷遠嫁瑞士，兒媳移民墨爾本，總算多了一房後裔到海外開枝散葉。如今尚有第六房親人在守著那棟破落的大夫第。

先母當年從南越返鄉後不久，大半年時光身染疾病幾至無法料理家務，先父安頓我們後又隻身返南越謀生。幸得七房的紅花嬸母（也就是重振家聲的新墟名人黃添福的母親）不辭辛苦每日照顧我兩兄弟，在古井邊為我兄弟洗滌衣服、煮飯燒菜及代做家務的操勞，其大恩德令先父母終身難忘。每每憶及家鄉往事時，都必定再次對我兄弟提起。

亦由於這份恩情、當中國改革開放後，先父回鄉探親，返歐洲後將添福弟地址告知，我倆堂兄弟就開始了魚雁往返。極其遺憾的是天不假年、重視親情的紅花嬸嬸竟已辭世，令我回鄉尋根時已無緣向這位恩人長輩叩謝。

每次回鄉，前往探望加自叔父時，徘徊在大夫第古厝前；面對那口古井，心中總不勝唏噓，遙念一甲子多以前那段無復記憶童稚生活。念及那位紅花嬸嬸蹲在古井邊、為我兄弟浣洗衣服的辛勞，大恩又無以為報，心中真個感慨萬千。每回相見、加自叔父敦厚的大手握緊我，總是說：「要常回來喲……」

五年前再回鄉時、凝視那口古井，返澳後撰了一首題為〈古井〉的詩作如下：

水色土黃混濁，那張倒影
是流浪了一甲子的容顏

徘徊破敗斑駁的井旁
聽聞慈親浣洗搗衣時的言笑

我頑皮的正和童伴嬉鬧
倦極催眠，醒時夢已老
回鄉時，笑呵呵的歲月
讓冷寂的祖厝，和那口
漸漸衰老的古井
訴說我走後六十餘年的風霜

井邊陳跡已渺
冷風、夕照、孤影
我細細追覓，宛若雲端
母親呼喚的聲音
和我童稚啼哭吵叫
遙遙傳至，如真似幻

深深凝望井底，濁水影滅
古井依依相送
祖厝庭前父老鄉親揮手
遊子含淚再走天涯

（後記：家鄉祖厝大夫第門前古井、藏我童年歡笑，返鄉尋根、井在人事非，徘徊憑弔有感。2000年1月19日撰於墨爾本）

得讓讀者們瞭解，座落福建省翔安區新墟古宅大路、那棟百餘年「大夫第」四合院的緣起如下：

清朝末期、先曾祖父黃公希鶩，隻身前往安南華埠堤岸市創業，先後經營穀米、蔗糖、布料貿易和魚乾等多類，未多久遂成為當地有名的富翁。並獲得法國殖民政府頒授「法屬第一大商家」匾額的殊榮，還被清朝官府冊封為「大夫」官銜。

先曾祖父黃公榮歸故里，回鄉建築了一棟千餘平方公尺的大四合院；這座典雅寧靜庭院是古色古香的「三落雙邊厝」建築物，總共擁有三十九間住房，四合院用先曾祖父官銜命名為「大夫第」。至今門楣上還保存著〈大夫第〉這三個鎏金牌匾，在閩南泉州同安區貧困農村中，成為百餘年來新墟鎮的一則眾人皆知的傳奇。

為了祖厝這則美麗傳奇能讓海外更多讀者知曉，於是獲得黃添福堂弟的支持贊助，終於順利籌組了「世界華文作家交流協會」廈門采風團。在4月13日由名譽團長黃添福董事長帶領下，來自四大洲六個國家十三個地區的十六位資深華文作家們，不遠萬里奔波蒞臨閩南翔安區農村。先參觀了重振家聲後、黃添福在大夫第四合院附近新建起的歐式巍峨豪宅「福園」，文友們置身其中莫不被這座德國式三層豪華巨宅所震撼。

再移步至幾近破落的「大夫第」四合院，仍在故居住宿的六房宗姐親切迎接我們；來自德國的倪娜文友和幾位作家，陪我找到童年的睡房，房內堆滿雜物，倪娜不斷按快門，拍了不少張相片，笑說那是一位海外華文作家稚齡期的住所，值得介紹呢。

三進的老宅真個是庭園深深，迴旋走廊頗多；若非六房那位宗姐引領，在三十九間房子裡、還真不易尋覓到我住過的睡房啊。後進大堂正中央、神壇上供奉著黃家歷代祖先的牌位，我趕緊立正、恭敬虔誠地向先曾祖父母及祖輩先人們行三鞠躬禮。

步出戶外、璀璨陽光照射，瞧向那口古井，彷彿聆聞歲月呵呵笑聲、真有隔世之慨嘆呢！井在人事非，再揮手真不知這一別，又將是何年何月才會再來？行返「福園」、向蒼蒼白髮的加自叔叔告辭，老人伸手緊緊相握，力透我掌心，感受到叔叔不捨的依依離情。

坐上添福弟那輛「勞斯來斯」名貴房車，回望雖已破落的「大夫第」，陪襯其旁卻是那棟巍峨屹立的歐式豪宅「福園」，黃府家聲早已名揚海內外，先曾祖父黃希鰲公有知，必定含笑九泉了。

2015年4月29日於墨爾本

婉冰（中）與六房宗親（右）合影於大夫第古宅前

心水與黃加自堂叔合影於福園豪宅前

華安奇石千姿百態

承「世界華文作家交流協會」名譽顧問、廈門市銀城佳園房地產有限公司黃添福董事長之邀，4月11日由我率領了「世華作協交流協會」分布於四大洲六個國家十三個地區、共十六位作家、詩人與學者，到廈門及武夷山采風一週。

17日采風團文友們圓滿賦歸，愚夫婦與馬來西亞知名作家、「世界華文作家交協會」副秘書長朵拉，一齊應「閩南師範大學」文學院黃金明院長之邀，派專車前來廈門接我們前往漳州。主要是安排我們在文學院演講，與喜愛文學的學生們交流。

極之繁忙的黃金明院長、在那兩天半中、幾乎放下所有日常事務，全天候陪伴著我們；盛情令吾等深深感動與不安，幾天相處中，感受到了黃院長對作家的尊敬與重視。他的謙遜、從容、真誠與文雅，從傾談時輕聲細語及自然展現的微笑中表露無遺。由於我和院長是同宗關係，彼此倍感親切，相信五百年前是一家人，有緣萬里來相會。

到達漳州先去參觀了「東南花都天然奇石博物館」，黃院長早已帶領了十餘位男女學生在館外歡迎。初識寒暄、竟有一見如故之感，備受學生們敬重的這位中年教授，沒顯露丁點大學院長的高貴身分，只像一位斯文的普通老師，對學生們客客氣氣，是一接觸便頓生好感的人。

「天然奇石博物館」設有通道關卡、入門票每位一百人民幣；我們由王天然館長親自迎接並擔任講解，一行二十餘人魚貫直入，開始了一次令我震撼的參訪。石頭與中華文化有著千絲萬縷的關係，這是大家都知道的常識；如四大名著中、西遊記的美猴王孫悟空、紅樓夢的賈寶玉等莫不是與石頭有關的傳奇。

一直以為石頭除了是作為建築原料用途外，頂多是文人筆下奇幻想像及描述賦予的靈活形象、如孫悟空、賈寶玉等人物；從沒有與〈美〉聯想在一起。真個是應了「讀萬卷書不如行萬里路」的說法，心想若無此機緣前來漳州結文緣，看來今生也就無法認知這等天下奇石美玉了。

王館長面對每一塊美石向大家介紹時，娓娓道來如數家珍；對石頭的豐富知識，令人佩服萬分。原來王天然先生是身兼三家奇石館的館長、還是〈天然石典〉的主編、中國觀賞石一級鑒評師、中國觀賞石協會副會長等職，有這麼一位賞奇石專家親自解說，豈是一般參觀者所能有的殊榮啊。

午餐後轉往「中國福建華綸奇石軒」參觀，沒想到陪同觀賞的竟然是該奇石軒的館長、身兼「中國觀賞石協會」副會長蘇躍進先生。閒談中得知這座規模頗大的奇石博物館所有展出典藏、都是蘇館長的私人藏品；他一直在我身旁有問必答、極為隨和的人，居然是富豪大款呢，單是館內全部藏品，其價值豈是一般富翁所能擁有？

參觀了華安奇石博物館後，賓主免不了在館外拍合影留念；然後前往「福建華安玉文化研究中心」，在光線明亮現代化的會議大廳內，長桌兩邊的座位可容數十人。文學院師生及我們海外三位賓客在一邊，對面是當地領導、館長及玉石專家們，還有漳州作家協會楊西北主席、華安縣作家協會許麗妮主席、北京行宮書畫院副院長、邵文化書法家、中國華安玉九龍璧雜誌馮偉國主編等，雙方舉行座談與交流。

大家紛紛發言、都在關心這些千姿百態的美玉石將來前景；也擔心被韓國、日本大量收購？是一次探討奇石的難得聚會。

午餐後再前往「九龍國際奇石工藝城」；然後再去參訪「福建省文化產業示範基地」。華安奇石市場經已發展成規模了，單是家庭石館就有五十餘家，經營奇石店鋪更多達一百餘家。前來購買奇石的顧客已從週邊城鎮擴展到了北京、上海等全國各省市及日本、大韓等國家。

奇石的價值視乎該石的大小、形象、石紋、色澤等多項條件評定；那塊重達七噸的〈九龍璧之魂〉成交價將近三百萬人民幣；不到三十公斤重的〈一代高僧〉也售賣了四十餘萬人民幣。因此、摸石頭、尋覓玉石，走運的話真能一朝至富呢。

當晚回到文學院，在大禮堂與近百位學生們作了交流，此行真正任務終於完成了。翌晨再出發，獲安排前往「玉雕走廊」；那是華安九龍璧所在，沿石級而下，在崎嶇不平的山路斜坡、踩踏奇形怪狀的各式各類石塊慢慢往下走。未久涓涓水聲欲隱欲現，眼前赫然是一條淺河流、河岸兩方都是大小不一的石頭；多少年來無數採石者都在這長長的〈走廊〉上，細心摸索尋覓和挖掘。

當然、除了沿「玉雕走廊」的河流尋找玉石外，兩岸山道嶙峋的天然石陣，也是蘊藏了數之不清的各式石塊；博物館、奇石館或收藏家們所擁有的石頭，都是天地間歷經千萬年或上億年的時光孕育而成，完全是不經雕琢的原石，精緻美麗奇特，幾乎都是獨一無二的神品。

石友們都要有異乎常人的想像力，換作是門外漢的老朽，縱然是眼前顯至寶，由於全無經驗及缺乏應有的理解及想像，就會失之交臂錯過機會了。比如那塊有美麗紋路、外觀似心的形象，被命名為「心想事成」？彷彿是獅頭的石形、在底座塑出木腿後，就稱為「威猛霸氣」！

此外、諸如「上善若水」、「半壁江山」、「千秋大業」、「平步青雲」、「花開富貴」、「情意綿綿」以及「一代天嬌」等等絕美奇特玉石，都是極有意思也極美好的命名。心想這些奇石收藏專家們若同時去創作現代詩，必然是抽象派大師級人物呢！觀賞時、老朽每每被各類巧妙石塊吸引外，同時更對賦予每塊玉石的定名嘖嘖稱奇，真個萬分佩服喲！

午後一行前往名聞遐邇的土樓參觀，往返一百六十餘公里，對陪同的黃金明院長和作協主席楊西北等人的熱誠，衷心銘感外真是無以為報呢。

19日清早、隨同專車師傅前來酒店送行的還是黃院長，意外中這位宗親告知，要步行帶我們去附近觀賞五百羅漢；疑惑間沒想到收藏家、奇石苑的館主平青居士已推著腳踏車出現眼前。懷著好奇心、我們便在平青先生帶領下，到了典藏〈五百羅漢〉的展館。

這位漳州市太極拳協會會長、虔誠的佛教徒，十四年前開始了收藏以九龍璧佛教人物為主的奇石；展館木框內整整排列的每個羅漢石，在底座都有該羅漢的姓名。客廳壁上掛著「閑雲野鶴」書法揮毫，貼切表達了雅室主人退休後生活寫照。

這五百塊華安九龍璧的神石、全是不經雕琢天然藏在石頭裡的羅漢群體。每一塊石頭都是一尊菩薩，所收藏的是五百尊絕無雷同的羅漢，每尊都是獨一無二。

平青居士如無佛緣，若非發心、豈能在茫茫天地中，短短十餘年時光內齊集了這五百尊羅漢呢？

正如遠在北京的石友李祖佑先生、到奇石苑觀賞後、撰文感慨而吟詩贊曰：

露胸跌足多神采，抹泥塗灰笑滿腮。

個個經歷滄桑事，平青一點皆神仙。

難怪平青居士獲得「中國觀賞石協會」壽嘉華會長頒發獎牌，以表其功。

我們沒忘記和奇石苑館主平青居士一齊在五百羅漢前拍合照，告別時還獲得平青先生贈送我們三位海外作家、每人兩塊精緻小奇石呢。沒想到老朽率領世界華文作家團到家鄉廈門采風後，能有此機緣到漳州，這幾天幾乎觀賞了華安多所博物館展出的多類奇石，真是大開眼界啊！

老朽夫婦能與奇石結奇緣，要衷心感恩黃金明院長的熱情招待，也謝謝朵拉文友的推薦。感謝漳州、華安作協文友們、各玉石博物館館主們的熱心，始讓我們對蘊藏在天地間的奇美玉石大開眼界，漳州之旅可說是不虛此行。

2015年5月7日於墨爾本無相齋

漳州華安奇石博物館合影，右三楊西北會長、右五黃金明院長

右起平青先生、朵拉、院長黃金明、婉冰和心水

林繼宗

林繼宗，中國作家協會會員，世界華文作家交流協會會員，國際潮人文化藝術協會會長，《中國作家》雜誌簽約作家、廣東省潮汕文學院院長、汕頭市作家協會主席、名譽主席；中國學術發展科學研究院客座教授，現為高級經濟師、高級政工師。

上世紀60年代開始發表作品，創作小說、散文、詩歌、戲劇、報告文學、雜文、評論等計836萬字。曾獲中國多項文學獎項，系列長篇小說《魂系潮人》第一部《家園》、第二部《海島》、第三部《港灣》、第四部《潮人》獲全國大型徵文活動優秀文學作品一等獎。2014年度全國優秀文學大獎賽名譽獎分別由莫言、陳忠實、林繼宗獲得。

林繼宗傳略被收入多部中、外文學家傳集。經世界傑出華人聯合協會、世界教科文衛組織聯合評定，榮獲「世界孔子文學藝術獎金獎」，並被授予「世界孔子文學藝術和平大使」。

美好的廈門人

廈門，是我熟悉的好地方，過去幾十年，我曾經先後來過五次。而這次，當我接獲世界華文作家交流協會的赴廈通知時，依然泛起內心的激情，希望早日赴廈采風。為什麼呢？因為我對廈門始終充滿深深愛戀而又難以言說的感情。

從我知曉自己的身世之後，便對廈門深懷血濃於水的親情感。我的生身母親和親舅舅，您倆還在廈門嗎？多少年的尋親之路啊！遙遙無期，茫茫無際。誰能告訴我親人在何方？我多麼渴望命運之神能夠早日給我答案啊，我不奢求美滿的結局，但更不願意接受過分失望的結果……

就這樣，一年年，一次次，我藉著各種機會踏上了尋親的道路。每次，我都備嘗了失望的痛苦，卻也不斷感受到廈門人的誠懇、好客、熱忱和助人為樂之風。是的，美好的廈門更有著美好的廈門人。於是，這方寶地便長久地吸引著我。

每次到廈門，我都前往集美學區和鼇園，去瞻仰那位在我心目中最美好的廈門人，去感受他那永恆的正義事業的輝煌。他就是世人皆知、永垂不朽的陳嘉庚。他正是美好的廈門人的總代表。在祖國和人民遭受日本侵略者的野蠻侵略、國破家亡，中華民族到了最危險的關頭，正是陳嘉庚先生伸出無私的援手，獻上了火紅的忠心，幾乎毀家紓難，為祖國、為民族、為人民的正義事業做出了不可磨滅的巨大貢獻。祖國和人民永遠記住他，全世界的華文作家包括我都永遠記住他的高尚人格和豐功偉績。

據老一輩的親友說，我的生母林鳳清和母舅出生於福州市，後來兄妹到廈門營生和讀書。他倆都是陳嘉庚先生的忠實粉絲和追隨者。母舅也隨陳嘉庚先生到南洋經商，經營管理橡膠園，還在廈門和武夷山做茶葉生意，常常銷售到廣東潮汕和香港、臺灣以至南洋各地，賺了錢，除了養家並供十幾歲的妹妹讀書外，就在廈門做些善事，救濟窮苦人。

這次赴廈，我又發現了一位美好的廈門人，那就是中國婦產科學的主要開拓者之一、著名醫學家林巧稚。其實，早在學生時代，我就知曉了林巧稚的大名和感人業績，只是這次才確定了她是廈門人。出生於廈門鼓浪嶼的林巧稚，一生學醫從醫，有著敏銳的觀察力、深刻的分析力和高超的診治力，她在數十年的醫療實踐中積累了豐富的臨床經驗，研究並確認癌瘤乃殘害婦女健康的主要疾病。她堅持跟蹤追查、剖析、研究和總結，在醫學上不斷有所突破。她救治了大量的重症病人，使多少瀕死的生命重獲生機。她那崇高的醫德和精湛的醫術，她那不治癒病人決不罷休的堅毅作風，她那完全徹底為病人服務的職業道德與獻身精神，深受我們老百姓的愛戴與崇敬。聽老一輩親人說，她曾為我母舅治過重病，卻始終不曾收受母舅的金錢和禮物。林巧稚把自己的畢生智慧與精力毫無保留的獻給了祖國和人民。她不愧是一位高尚的醫學家、忠誠的愛國者、中華民族的優秀女兒。懷著景仰的情愫，作家們瞻望了她在鼓浪嶼的墓園。

祖籍廈門翔安的黃心水秘書長，同樣是美好的廈門人。黃先生最先引起我關注的原因是林爽女士對他的介紹，給了我一個良好的印象。接著，我與黃先生便有了電子郵件上的聯繫，我倆聯繫密切，逢郵必復，並且交流日益廣泛而且深入。不久，我收到了黃先生從澳大利亞給我寄來的他的長篇小說大作《怒海驚魂》，我如獲至寶，旋即捧讀起來，至今已通讀一遍，感受到了這位知名資深作家的文學功底與寫作風格，對其個性化的藝術特點有所感悟，而使我同樣感悟深刻的是，我讀出了黃先生被船上千餘名難民推選為總代表，以難得的忠誠、果敢與智慧全心全意為難民服務，表現出勇挑重擔、臨危不懼、處變不驚、多思多智、理智處事、任人唯賢的精神，他的責任感、使命感和無私無畏令我感動不已！最近，我又拜讀了黃先生「華文微經典」叢書中的微型小說集《飛鴿傳書》，這又是另一種風格，另一種精神。作品表現了澳大利亞和越南華人的生活百態，抒寫了他們的經濟與社會狀況，描述了他們的文化與精神追求，揭示了他們的品性、良知與深深的鄉愁。這部作品讓我感覺到，作者對文學的理性與藝術追求又進入了新階段，尚遠遠見不到止境。

知名資深作家黃心水誕生於越南巴川省，其父親誕生於福建廈門同安。此次，他帶著我們參觀了其父誕生並度過童年與少年的狹小的祖屋，他始終懷著深深的孝親崇親之情。1978

年，黃先生攜家眷逃離越南，怒海賭命13天，又淪落荒島17日，驚魂一個月後，獲救到印尼難民營，翌年移居墨爾本至今。黃先生已經出版十幾部專著，包括獲華僑總會華文創作首獎的兩部長篇《沉城驚夢》和《怒海驚魂》，四部微型小說，散文集和詩集各兩冊，共獲得北京、臺灣及澳洲等地十三類文學獎，並獲澳洲聯邦總理、維州州長及華社團體頒贈十六項服務獎，2005年獲維州總督頒發多元文化傑出貢獻獎。黃先生作品被收入多部文學典籍。

作為世界華文作家交流協會創會秘書長，黃先生重任在肩。去年，他又獲得眾位作家的信任，蟬聯了第二屆世界華文作家交流協會的秘書長職位，繼續領導著擁有世界各國上百位華文作家的文學團體。他下決心在其位謀其政，帶領作家們把協會辦得更好。到目前為止，他在職僅僅四年半，就已經領著大家舉行了五次國際性重大文學活動並取得成功，廣受讚譽。黃秘書長在作家們心中也威望日升，以至近期在徵詢換屆事項及人選時，作家們都不約而同地表達了心聲：希望黃秘書長在任上做得更長久些，作家們需要他，盼望他延長履職時間呢。

黃秘書長和此次廈門國際文學活動的東道主，廈門市銀城佳園房地產開發有限公司董事長黃添福先生一樣，對故鄉有著深深的情結，對事業有著實實在在的責任心和行為能力。

黃添福董事長生於農村，長於農村，早年曾在體制內擔任過幹部，青年時代到德國留學，後來下海經商，從酒店業到房地產、貿易業，均取得很大成功。他為人坦誠、溫和、善良、實在，給人可親可敬的感覺。我初住福佑大酒店，便見到電梯內壁的不銹鋼牆壁上，鑲嵌著上百個不同字體的紅豔豔的「福」字。在與黃董事長的接觸過程中，從他的言行中，我逐漸悟出來了：添福，添福，他總是在為家族、為企業、為親友、為消費者、為客戶乃至民眾不斷地造福、添福。有人曾問他：「您年紀逐漸大了，賺的錢也完全夠花了，辦企業又很辛苦，為何不停辦企業而安享晚年呢？」他爽朗地回應：「我的企業有三千多員工，如果企業停辦了，這麼多的員工及其家庭的生活就必定會受到影響甚至嚴重的影響。我自己辛苦點，把企業辦下去並辦得更好些，值得。」黃董事長的話擲地有聲，他現在想得更多的是為別人添福啊！

作家們參觀了黃董事長在故鄉同安建設的非常氣派的樓房，感受到他對鄉親們的款款愛心和鄉親們對他的深深崇敬之情。從鄉親們的口碑裡，我瞭解到了黃董事長長年為鄉親和民眾做善事，辦實事，深受大家的愛戴，看到了他巨大的人生價值。我由此而聯想到了我們潮汕文學院的張速平副院長，兩人何其相似乃爾啊！

黃董事長經過多年的努力，還培育、團結了一大批優秀的人才，如廈門市銀城佳園房地產有限公司總經理黃加慶、福佑大酒店總經理黃堅定等，他們都是綜合素質很高的、美好的廈門人。

使我受到觸動的還有銀鷺集團的老闆、管理層和員工。我一直喜歡花生牛奶，孫子則喜愛八寶粥，但我並不瞭解它們的生產企業。這次在廈門參觀訪問了銀鷺集團，才瞭解到這個企業敢於跨越突破，敢於追求卓越，敢於做別人做不到的事情。

他們腳下積矽步，心中至千里。他們包容性很強，充滿生機與活力，從普通企業發展成為同行業的龍頭企業，從做水果罐頭髮展到生產名牌產品八寶粥和花生牛奶，從小小的興華罐頭廠發展為規模宏大的銀鷺食品集團，員工達兩萬多人。他們因為認真，所以專業；因為執著，所以頑強；因為創新，所以突破。他們正像黃添福董事長的團隊一樣，思索——釀造智慧；堅持——形成恒心；跨越——不斷超前。

號稱中國第一村的馬塘村的老闆們，也像黃添福董事長一樣，賺到了錢，就為村民尤其是老人添福，他們都是美好的廈門人。

我想，如果我的生母和舅舅如今依然健在的話，那他們或許也會成為美好的廈門人呢。老一輩的親人曾悄悄告訴我，我母親的雙親早逝，舅舅又赴南洋經商，兄妹失聯了！無奈，為了生活，為了讀書，只有十幾歲的她經人介紹，成為林姓商家的養女，而林姓商家，也是陳嘉庚先生的忠實追隨者……

哦，這些美好的廈門人，就像武夷山天遊峰一樣，行至山高處，坐看雲起時，聯想二祖慧可瞬間悟道乃經歷了斷臂之痛，方知艱辛與險阻正是人生成長之道。這些美好的廈門人，就像武夷山九曲溪的禪家一樣，為著悟道求真，常常要歷盡艱難困苦，經受嚴峻的考驗，才能進入人生的真境界。這些美好的廈門人，就像馬塘村的老闆們一樣，辛苦心不苦，財大氣不粗；快樂做慈善，為民謀幸福。這些美好的廈門人，就像下梅村的高人一樣，勇而不懼，智而不惑，信而不失，善而益興。這些美好的廈門人，就像黃添福先生的行為風尚那樣：45度做事，90度做人，180度處世，360度處人，踐行「財富不是永遠的朋友，朋友才是永恆的財富」的人生信條。這些美好的廈門人，就像銀鷺人那樣，有為有不為，知足知不足，以嚴謹的張揚，妥協的韌性，內斂的銳氣，溫柔的激情去開創強強聯手的局面。這些美好的廈門人，就像黃心水先生的認知與行事風格那樣。朋友沒有血緣勝似血緣，沒有情緣勝似情緣，沒有地緣勝似地緣。朝氣藏於胸，和氣溢於表，才氣行於事，義氣施於人。我已經初步讀懂了黃心水先生為什麼在經歷了太平洋的驚濤駭浪又複歸平靜之後，欣賞那滾滾長江東逝水的壯麗景象，青山依舊在，幾度夕陽紅。白髮漁樵江渚上，慣看秋月春風。一壺濁酒喜相逢，古今多少事，都付笑談中……

唐代詩人王維曾寫下「行至水窮處，坐看雲起時；偶然值林叟，談笑無還期」的佳句，這是隨遇而安、無欲無求的生活狀態。但陳嘉庚先生卻是行至山高處，坐看雲起時，更是一種積極求索的愜意和得道後的喜悅。這是人生難得的暢達體驗，是身心通透的人生境界。歷經商海沉浮，人情冷暖，世事如棋，陳嘉庚先生頭頂萬朵彩雲，望盡腳下千仞峰嶽，一切往事都付抿然一笑之中。他那高尚的情懷，永如不盡長江滾滾東流……

這些美好的廈門人，使我深切地感悟到——他們坐看雲起，是人生經歷了困頓迷茫之後心無塵埃的澄明徹悟；是歷盡挫折峰迴路轉之後高瞻遠矚的從容大度。他們蘊含著的深邃的平靜是真正的平靜；他們經歷過的苦難的和悅乃是心靈的和悅。他們在賞識中成長，在責備中成熟；他們總是能夠在和諧中前行，在批評中提高，在虛懷中充實，在委屈中平衡，在謙卑中完善，在慈善中昇華。

他們，正是我心中美好的廈門人！

2015年4月22日

心中的廈門

廈門是我心中的夢，夢中的情，情中的愛。

我對廈門始終有著特殊的深厚感情。因為廈門曾經生活著我那可敬可愛的生母與舅舅。多少年來，我綿綿無期地思念並尋覓著我的親人。哦，或許因為血緣的神聖與永恆，使我對廈門的一山一水、一草一木更加珍愛，更加懷念⋯⋯

應世界華文作家交流協會黃心水秘書長的盛情邀請，我懷著興奮異常的心情，於2015年4月17日赴廈門參加作家采風團活動。這幾天，我除積極參與集體的活動采風外，還利用自由活動時間深入觀察廈門、感觸廈門，思考廈門，力圖在第六次赴廈門之後，對她獲得嶄新的認知與印象。

我對廈門最新的認知是：更加綠、藍、美、淨、寬、高。整座城市的綠化、美化與淨化均已達到新水平，天空、海洋與湖泊更加湛藍，道路更加筆直寬敞，高樓成群林立，一派現代大都市的景象。

無論島內島外，城區市郊，舉目四顧，到處都是草、樹、花、鳥，每棵樹的周圍和底下，不是茵茵綠草便是五彩鮮花，或花草互生相簇，幾乎見不到赤土；那海面湖裡、樹上空中，市鳥白鷺和其他鳥類，自由自在，跳躍翱翔。整座城市活力煥發，生機盎然。被蓬蓬勃勃的花樹掩映著的環島路和城區主幹道，或是八車道，或是六車道。漫步於步行道，呼吸著海風與植物慷慨饋贈給我們的新鮮空氣，舒心極了。

每次來到廈門，我必上鼓浪嶼，這回已經是第六次了，我不但屢遊不厭，而且總是興致勃勃，為什麼？因為鼓浪嶼是聞名海內外的花園島、音樂島，是富有人文、歷史、自然內涵的、中國少有的五星級龍頭景點；還因為我的生母和舅舅曾是島上的居民。

鼓浪嶼是廈門的象徵，她岸線曲折，海礁嶙峋，山巒疊翠，峰岩跌宕。大自然的鬼斧神工，創生了鼓浪嶼奇特的雄健、俊逸而瑰麗的海島風光。島上那凌空聳立、風光無限的日光岩，奇石疊磊，洞壑天成，古木蔥蘢，繁花繽紛，永在我的心海之中；那充滿神奇魅力的鋼琴博物館令我目不暇接，據稱鼓浪嶼的鋼琴密度為世界之最；島上還擁有一百多個音樂世家，培養出了周淑安、林俊卿、殷承宗等一大批傑出的音樂家；鼓浪嶼名人史跡眾多，鄭成功、林語堂、林巧稚等數十位名人的故居或陵墓都在島上；早年，十三個國家在島上有租界和領事館，為全國最多。這些各具異國風情的建築物匯聚成「萬國建築博覽會」。令我流連忘返的還有東南海濱的菽莊花園，他曾是臺灣富商林尒嘉的私人花園，一九五六年獻給了國家。花園面朝大海，背倚晃岩，奇花異石，豔麗壯觀⋯⋯

鼓浪嶼的景觀，還有海底世界，古城風雲，海天堂構等，但此時，更吸引我的還是林語堂故居。這是一座被古樟樹和老榕樹團團圍住的英式別墅，它古樸蒼老，是島上最古老的別墅之一。一九一九年，林語堂夫婦就在這裡度過花燭洞房之夜。一九二六年林語堂曾任廈門大學文學院院長。據說當年我的母親和舅舅曾是狂熱的文學青年，他倆曾多次拜訪、請教過林語堂先生，在林先生的引導下創作了一些詩歌和小說。林先生提倡「以自我為中心，以閒適為格調」的小品文。據聞，我母親的作品深深受到了林先生的影響，而舅舅卻不以為然，反其道而行之。

當然，廈門的名人，對我影響更深遠的還是鄭成功。明末清初，鄭成功屯兵鼓浪嶼訓練水師，一六六二年將士數萬人，自廈門出發，揮師東征，於臺灣禾寮港登陸，收復了被荷蘭殖民者侵佔了三十八年的臺灣島。

如果說，集美學區和鼇園令我肅然起敬，那麼，馬塘村就使我耳目一新了。這個被譽為全國第一村的馬塘村，其神奇之處就在於：第一，馬塘村的普通農民都可以住上漂亮的別墅，村中的別墅群堪與歐美小城鎮的別墅群媲美；第二，村裡建設了全國一流的超豪華、超舒適、超優惠的養老院，符合條件的老年人，只要帶上衣服，便可以入住養老院，不僅免費，而且每月或每年還可以獲得來自政府和村中企業家的各項補貼，平均每人每月可得到一千多元。馬塘村的奇跡實在令我振奮！在我的視野所及之中，馬塘村不僅第一，而且目前還是唯一的！

自然，武夷山麓的下梅村是另一種類型的第一與唯一，而武夷山下那漫長而蜿蜒的、風光奇秀的九曲溪，也是我所見所及的唯一。我多次遊覽過桂林陽朔，那水之清、山之秀、石之奇、景之美，堪稱極致，而九曲溪則是迥異的別一種格調和另一種風韻。她是別樣的清、秀、奇、美呀！而滿溪清水中的大群大群的遊魚，卻長得特別肥大與健碩，生機勃發，是難得一見的奇觀。九曲溪的自然與人文歷史景觀，是那樣的秀逸，那樣的悠長，那樣的浪漫，以致我一坐上竹筏，與文友們一同泛舟清澈明淨的溪流時，竟情不自禁地放聲高歌廣西桂林優美的民歌《唱山歌》和電影《劉三姐》中的插曲來——

唱山歌哎——
這邊唱來那邊和囉那邊和，
山歌好比春江水哎，
不怕灘險灣又多囉灣又多……

此刻，我彷彿在清流潺潺的九曲溪中看見了劉三姐閃動著、漂流著的倩影，她正含笑應和著我的歌聲呢……

桂林有桂林的美，武夷山有武夷山的美，而廈門也有廈門的美。廈門之美，不僅有景觀之美，如鼓浪嶼、鷺江；有人文之美，如黃心水、黃添福；有企業之美，如銀城佳園、銀鷺集團；有經濟之美，如人均GDP居全國前列；而且還有氣候、地質、地理和歷史等等之美。

廈門屬溫帶亞熱帶氣候，年平均氣溫在21攝氏度左右，夏無酷暑，冬無嚴寒，每年均受四、五次颱風的影響。廈門的空氣是清新的，我不敢說沒有霧霾，但優質的空氣是我時常感受到的。廈門區境地層以中生界侏羅系、新生界第四系為主，地勢西北高，東南低。地處中國東南沿海——福建省東南部、九龍江入海處的廈門市與臺灣、澎湖和金馬隔海相望，地理位置優越，並且有著悠久的歷史和燦爛的文化。晉太康三年（公元282年）已置同安縣；1933年，福建人民政府設廈門特別市。

今天的廈門，乃是中國15個副省級城市之一，5個計劃單列市之一。中國自由貿易試驗區之一，也是最早對外開放的四個經濟特區之一。同時，廈門還被評為國際花園城市。廈門的優勢與美好是多方面的。不僅在中國，就是放眼全球，廈門也是不可多得的好城市，難怪美國前總統尼克森在遊覽廈門之後讚美廈門為「東方夏威夷」哩。

離開廈門的前一天，我又走馬城區，依依不捨地瀏覽著這方寶地上的一山一水，一草一木，多麼美好、熟悉而又親切啊！是夜，含笑安臥於福佑大酒店中的我，卻做了一個長長的美夢——我夢見了母親和舅舅！通過戶籍系統現代科學化途徑的查詢，我竟然找到了依然健在的母親和舅舅！六十多年啊，親人終於見面了！我流著喜淚，將一切都傾訴給親人，也詢問、知曉了親人的一切。最後，我懇請兩位親人到廣東省汕頭市定居，我樂意為他倆養老送終。母親久久地端詳著我，久久地思忖著，久久地灑著熱淚。終於，她搖了搖頭，堅定地說：「阿宗，我看還是廈門好。媽媽在廈門也住慣了。你和一家子都搬到廈門來吧。」我深愛母親和舅舅，我何嘗不希望早日與失散多年的血脈親人團聚啊！可是，現實鑄就的情形使我考慮再三，最終不得不向母親和舅舅耐心解釋：確有難處，難以從命。我答應今後經常到廈門看望兩位老人家。從汕頭乘坐高鐵動車，只需一個半小時即可到達，多方便呀！

畢竟，母親九十九歲了，舅舅則已經一百多歲了。廈門的親人啊，但願人長久，千里共嬋娟……

婉冰

婉冰、原名葉錦鴻（Maria Cam Hong Wong）祖籍廣東南海西樵。

誕於越南湄公河畔，夫婿黄玉液（心水），育有三男二女。

1978年九月全家投奔怒海漂流13日，淪落印尼荒島17日、獲澳洲人道收留、翌年3月定居墨爾本。

現任「世界華文作家交流協會」中文秘書、「臺灣僑聯總會」海外理事會顧問、「墨爾本澳亞民族電視台」常務顧問，著有兩部散文集《回流歲月》及《舒卷覓餘情》、詩集《擾攘紅塵拾絮》、微型小說集《放逐天涯客》等。

曾獲文學獎：北京、廣東、臺灣、墨爾本等四地的散文文學大獎、微型小說集佳作獎。

社區服務獎共九項：包括維州總督頒多元文化傑出貢獻獎、維州州長頒國際義工年服務獎、墨爾本市市長頒「社區傑出貢獻獎」及各社團頒發多類獎項。

廈門采風速描

——短歌九首

黃添福董事長樂助采風有感

世華再采風
黃總樂助情誼重
四海喜相逢
新知舊友文緣訂
紛紛期盼佳作豐

歡宴菜餚豐
貴賓相陪佳釀奉
情殷醉意濃
歌聲共娛繞樑送
餽贈名茶感禮重

鼓浪嶼

昔訪鋼琴島
名曲撫奏隨風繞
沉醉百花嬌
孔雀展屏顏色俏
鸚鵡迎賓頻鳴叫

琴鄉妙韻茫
遊客如鯽笑語狂
詩情暗匿藏
桃木古琴雕塑難
幽雅曲韻尋覓探

凡俗擾閒清
島民默移黯無聲
難尋往昔景
樸素幽雅情操改
賞曲聽潮成夢影

新墟鎮

新墟變模樣
歐式「福園」稱時尚
為孝親供養
辛勤營謀祖訓揚
行善積德顯家鄉

昔年「大夫第」
殘垣班駁長者稀
童伴青鬢移
古井漸慚感無力
僅餘殘軀莽落枝

漳州閩南師範大學

溢散孔孟風

夫子儒雅學生恭

萬里喜相逢

中華文化賴根存

閩南師範永誌功

培育國樑棟

誠邀外賓辦沙龍

學院文意濃

滿堂專注研討中

敬陪長者留遊蹤

漢俳詩作品十六首

廈門六帖

隨夫訪家鄉
昔年市容多改觀
層樓重疊擴

人流若香港
轎車款多勝展覽
霓虹爭競閃

層樓競插天
長橋相接城鄉牽
海堤綠樹連

紅男綠女伴
堤傍園林悠閒逛
樂顯昇平樣

灘潔沙白幼
樹傘成蔭聆潮奏
風動舞海鷗

三角梅競放
夾道迎賓香飄盪
繽紛彩色亮

鼇園三帖

陳公稱俠仁
辦學育才費精神
勤儉甘食貧

報國傾囊送
勤奮營謀僅為公
鄉梓受益重

儒商國為重
培育良才名利空
後世永傳頌

武夷山四首

遊客意志堅
奮力爬登一線天
高瞻景物添

碧水繞青山
竹筏輕盪九曲灣
峰頂霧聚散

仰瞻武夷山
年邁難登唯低嘆
親臨夢已還

紅袍茶類稀
岩峰圈立迎客至
慕名請仰視

奇石博物館三帖

漳州寶石館
館主講解學識廣
觀形憑構想

華安奇石豐
歷史景物包羅中
栩栩靜還動

賞石訪華安
九龍壁散溢彩光
目迷移步難

2015年5月7日於墨爾本

廈門今昔觀

十多年前、隨外子心水尋根訪家鄉，可謂近鄉情怯，抵達時他緊張地東望西探。我卻像傻鄉巴婆進城，拉著丈夫的衣衫，驚惶無限，唯恐被遺失在他的家鄉。幸好堂弟添福已早在接機處等待，我倆忐忑不安之感頓獲舒放了。

汽車駛進市中心，沿途景物顯得蕭條凌亂，有些樹身傾斜，殘枝懸掛，片片落葉堆堆砌砌躺在泥地上。風尾作祟有些廢紙垃圾，在奮力競逐。颯颯寒風蝕骨，頓自感衣單。原來廈門剛遭颱風侵擾，其餘威未盡，正努力捲舞落絮，耍戲斷枝。災後仍未趕及整理市容，我倆這遠渡關山的遊子，便不請自來匆匆蒞場。堂弟興奮地不停介紹，真是位重親情且稱職的臨時導遊，僅為首次接待異國出生的堂兄嫂。我好奇地不停左右舒眼，向四週凝望，彷彿劉姥姥遊大觀園般。

我倆被安排住在同安區，是添福的居處。那時正值全市推動新發展，極目所見皆是工地，處處塵土飛揚。市內很多舊式平房，兩街相對排排商店也兼作居屋。我們所住的算新式洋房，也僅樓高三層而矣；且上下仍靠木扶手石梯，電梯是免奉了。那時喜穿高跟鞋的我，每次外出皆視為苦役，望梯偷嘆；但又不甘錯過觀光的機會，終於乖乖屈服，由弟妹藝燕帶領，買雙波鞋應急了。

第一次享受清早醒來，竟有人專候像表演茶道。因為堂弟有先喝茶後用早餐的習慣，得知我這位堂大嫂，也屬無茶不歡者，便專候睡醒，共同品茗了。原來廈門同安人皆好茶道，僅需過客稍作駐足，都被熱情邀請：「請進來坐坐用茶」。他們並非為推銷所售貨物，也不會要求來者購物，只為展示待客之道而已。其民風習俗的淳樸，未沾城市的浮誇，讓我深深敬佩。陪藝燕到菜市場，各高腳木枱的攤位，並排相對互列，其模式竟和越南相似，讓頓生親切感。是靠海吃海原因，海鮮種類甚豐，奇形怪狀，從來聞所未聞，見所未見。有一種所謂聖子、大概螺類親屬；其狀像一條幼竹，內夾小小如人形的螺肉，味道無限鮮美，是我倆首次享用的家鄉美食，口福不淺。堂弟陪我等各景點觀光，並返故居拜祭先祖墳墓。這一天適逢村民有喜慶，故幸運地欣賞了傳統布袋戲。看著臨時架起的小戲棚，那任人操動的小竹人群，栩栩如生隨擺弄者的歌聲，演出一幕幕歷史故事，讓我這粵曲愛好者，雖然未懂鄉調，但對其故事熟悉，也不禁留戀忘返了。

參觀屬同安古蹟的梵天寺，恰巧有數人演奏古樂，我竟被邀隨意唱了閩南流行的南音（當然我是用粵語唱）。也去了和金門遙遙相對的大登，泉州，廈門大學等等。那次、堂弟夫婦抽空領我倆走馬看花遊了幾天，對夫家故鄉，算是初步粗略認識了。

參觀愛國愛鄉的商人陳嘉庚捐款所建的集美大學，和擁美麗風景樹影婆娑綠水蕩漾的湖畔，慕名已久的廈門大學。可惜都是恰巧逢假日，僅能在校堂外圍匆匆遊覽了。

儘管獲如此重親情特別享受，但每次外出總會存有戒心。第一、是怕極熱情迎賓的蚊子，吻得我連手腳都害羞紅腫，其癢難當。第二、是怕周遭身懷絕技的群眾，常感步步驚懼；深怕偶然幸運，被飛箭射中之慮，故聽聞「乞吐」聲響，快快展扇掩面，效法古代閨秀。或急步前進後退，實行施展遊走迷蹤步法，避之則吉矣。所以、外出時常佩備武裝，防蚊圈、蚊怕膏、小摺扇等，以備趕蚊和擋箭用也。第三、因賽車選手者太多，那管紅燈綠燈亮起，勇士們依然勇往直前，視而無睹，永不相讓。我和外子徘徊在十字路口，像極癡呆者，僅有誠惶誠恐觀嘗路燈變色的次數，不禁暗自驚嘆，哥哥呀車路過不得也。

在國外常聽說：「國家已進步，家鄉也不可同日而語了」。果然，相隔初臨廈門近二十年、這次隨「世界華文作家交流協會」采風團，再造訪心水家鄉，頓讓我迷惑和驚訝。新式的機場，是那麼寬敞潔淨，衛生間再沒飄送嚇人的異香，潔白廁紙供應，衛生間內且設有馬桶和蹲廁的分列。並常有一位清理衛行間者，不停的抹抹擦擦，以求時刻保持清潔。入住的旅館，設備齊全，且非常符合衛生；房內再沒有讓人討厭，欲拒還得迎的煙味。空調也是適度運作，服務人員也都彬彬有禮，也不敢隨意收小費，是足證符合世界一般旅館的水準了。至於帶備的防蚊避箭等用具，在城市內是英雄再沒用武之地了。但若到鄉郊或田園，還是派上用場。

今遊沿海邊舖展的大洋路，風景美麗，海灘白沙幼潔，綠蔭如傘。晚風輕拂，月華散亮時，是情侶們約會的溫床，看著儷影雙雙，讓我迷迷茫茫，重陷青春甜夢中。

再訪外子童齡時曾經居住過的古宅「大夫第」，門牆照樣殘破，處處磚露簷脫漆落，想是為了紀念先祖，未敢稍作改動吧。那口讓外子懷思慈親，童年時倚在井傍，靜待母親洗衣的古井依然存在，可惜現已完全乾固。她僅能無奈地讓垃圾填堆，再難替尚留居此宅的老邁者服務了。記得上次造訪時，有個小山坵般的土洞，讓路人經過掩鼻，日夕喜逗引蒼蠅留戀的糞坑，如今已被泥巴封蓋了。心水的堂弟，商場佼佼者黃添福，本欲重修「大夫第」，重震先祖當年家聲；惜居此宅的親人，皆未贊同。整日懷抱壯志，欲在家鄉揚名聲，顯父母的他，終於在「大夫第」緊鄰，建築三層高樓，歐式庭院雅緻的西洋豪宅，命名「福園」。此宅專用以供奉年邁父親，使其能安享晚福。我夫婦倆曾在此留宿一宵，享受田園的靜夜。從此，這「福園」聳立村口，也成為該村的一個景點和標誌。

第一次回廈門時，幸獲曾颯英女士親自陪同我倆乘小汽船到「鼓浪嶼」（那時還沒大型渡輪）。島上幽靜，遊客稀少，處處飄散悅耳的琴音，串串似遊雲若流水的夢樣曲韻，令我等駐足聆聽，環境是如詩般幽雅。美麗的孔雀，成群漫步，且頻頻展開繽紛艷色雀尾迎客。不知名的鳥兒，也像聽樂而歌般，唱出天籟之音，流瀉於島中。這次重訪，頓懷失落感。隊隊喧嘩的遊客，代替了清脆醉人的琴韻，本來屬於這島的嫻雅居民，陪同孔雀遷徙退讓了。連潮聲浪語，也未敢發出高音。幸好能參觀了上次遺漏的鋼琴博物館，欣賞桃木精工巧雕的多檯古琴，也聆聽了該館中人演奏一曲雅韻，才算是不虛此行。

承堂弟添福悉心安排，邀請全體作家采風團十六位文友、飛往閩北地區的武夷山，我終於得圓登武夷山之夢。可惜起程前抱恙，兼年齡高體康欠佳，未能像作家們攀上山頂，飽覽山色湖光，而懷絲絲遺憾。但仍奮力隨新知舊友成功征服山徑較窄，範圍較小的一線天，不禁為自己的勇氣可嘉而鼓掌。早就響往的竹筏遊湖旅程，看著以粗麻綑結的竹排，緊繫兩行竹椅，讓乘客穩坐卻水浸腳背的竹筏，內心忐忑，徘徊復躊躇，還是暫忘未識游泳，放膽落座了。平板竹筏悠悠滑在安靜綠水間，我內心有股遠離塵世的寧謐。綠波輕泛，連綿青山各展姿態，喜幻想的我，仿若是白娘娘置身西湖，尋覓許仙俗世情緣。精壯的操撐者，以其粗獷鄉音把我帶回，他介紹無限熟稔風景。每座山林，都能娓娓數說其故事或動物，彷彿蓄意把我等困鎖在畫圖裡。呼吸飄飄浮浮山水間的清鮮，我竟癡想在此隱居了。

當然不能錯過「大紅袍」產地，沿途各種類的大紅袍茶樹廣為栽植。隨著茶花香，尋找植在山坡上，三棵屬母體的樹，已被保護圈圍，據說其產量甚少，普通人絕無機會品嚐。我們既進寶山，管是那一種類，文友當然也紛紛採購了。

我們也樂意自費，另加遊覽了下梅古村，因這時小溪已乾涸，從前承擔運送物資的交通水道，早被廢棄故辜負水鄉之名。但其古樸的民居依然保留，各讓人驚嘆的建築式樣古舊，徘徊屋內使感覺似生活在歷史中。可惜磚牆也垂老矣，處處顯班駁裂縫，已足證往昔繁華也煙沒了。

一週廈門采風，文友在惜別宴上依依不捨，紛紛交流和互拍合照，並相約後會之期。臉龐上皆展出滿溢的喜悅，和滿腔文思而揮手道別。

2015年6月29日於墨爾本

婉冰攝於武夷山大紅袍古樹前

艾禺

新加坡作家協會副會長，世界華文微型小說研究會副秘書、世界海外華文女作家會員，創作體裁以微型小說和兒童文學為主。作品包括：短篇小說《困鳥》、《海魂》；微型小說《風雲再起》、《艾禺微型小說》、《最後一束康乃馨》；少年小說《媽媽的玻璃鞋》、《鏡子裡的秘密》、《天狼星遊戲事件簿》；兒童文學／繪本：《奇怪的畫像》、《假裝》、《窗內窗外》等。主編作品《逍遙曲》、《城市的記憶》，《城市的足音》，新加坡作家協會刊物《新華文學》編委。《艾禺微型小說》曾獲選為2006年「讀吧，新加坡」全民閱讀活動讀物之一。

曾是新加坡傳媒華文戲劇組故事策劃／編審／編劇。2007年以作家身分進駐校園成為駐校作家，同時也是自由撰稿人。

心的旅程

結，不解，就像盤在心頭的那朱砂痣，牢牢長著，永遠不去。

下榻到武夷山下的蘇閩大酒店，已近半夜，匆匆地辦理了入房手續，媽已經迫不及待的上床睡覺了。

是為明日的登山而準備嗎？

她總是很少說話，尤其是那宗意外後，鮮少言語，好像多說了話就罪過似的，閉著口，連笑也缺，生活在一瞬間翻天覆地般改變，好像一潭活水，突然死了，連遊魚也不見了。

醫生說這叫做「創傷後的自我封閉」，嚴重的人甚至成了啞巴，終身再也聽不到她的言語。明明是一個多話的人突然斷了音，在當事人心裡是個怎麼樣的過程；在親人的眼裡又要如何詮釋？我們都不希望媽媽變成這樣，但少話，就會越說越少，好像無可避免。醫生教不到任何方法，只說情況會隨著時間改變，那一天心情開了就會自動開口了，像植物人會醒過來一樣，生活與過去無異。

散散心吧，大家都這麼建議，一個人困在家裡難免胡思亂想，鑽牛角尖，一開始媽並不贊成，死命搖手，哪裡都不去，但過了幾天，一天陪她上巴剎買菜，她突然幽幽地問：「不是說要帶我去旅行嗎，我要去武夷山。」

沒有多問，於是就來了。

酒店的所在位置還是蠻好的，只是一夜折騰就是沒有好睡。第二天倦得很，但行程始終要繼續，用過簡單早點，車子便朝武夷山進發了。

本以為不是週末，人潮應該不會洶湧，沒想到才來到入口處便已人山人海，導遊這時才透露武夷山在舉行「一元遊武夷」活動，大家都衝著這個機會來了，管你什麼日子。

「武夷山群山重疊，海拔1800米以上的山峰就有30餘座，形成天然屏障，故在大陸有『華東屋脊』之稱，是中國的五大旅遊景區之一」。導遊分過來的手冊這樣寫著。抬頭望山，氣勢遼闊；低頭看人，嗡嗡的如蜜蜂大隊出動，共同湧向一個目標，叫人膽戰心驚。

這不是趟輕鬆的旅程，起碼對於我來說，肩負著的是如何打開一個人的心扉。

人少些，心靜些，有些事就能想開，慢慢說，如此「群情洶湧」，難道註定任務要失敗？

我看著媽緊皺著眉頭，心想她心裡也一定很不滿意，開始把自己關閉起來的人都怕熱鬧，都怕人多，但擔心也改變不了現實，只能希望對方改變心態。

路還是要走的。

才開始進入820米的慢遊道，媽便被右手邊的指標吸引著：「朱熹紫陽書院」，腳步竟要拐了過去。

「你們不是要上山嗎？」導遊馬上攔住了媽的去路。「這個時候登天遊峰最好，再遲，太陽曬屁股，年輕人都要中暑……」

我看看媽，她又把腳步折了回來。我探頭朝樹林間的紫陽書院望去，古色古香的建築，遊人很少，顯得很寧靜。媽應該是看到了，剛才才會轉了腳步，只憑導遊的三言兩語就改變主意，這哪是平時那「固執的老太婆」！

走了一段路就上了五曲大橋，橋底下九曲溪蜿蜒而去，似條游龍般盤著身體，竹筏早已在當中撐開。聽說早上7點20分竹筏便已開始漂流，載著早起的鳥兒躍過波平如鏡的水面，叼起露珠如餌。大紅眼魚都是被驚醒的，又慣於此種驚醒，因為豐富的早餐從不缺在筏裡扔出，一眾的便過去搶。竹筏輕飛而去，波瀾瞬息便止，綠光浮動的溪水開始作弄橋上的遊人，把陽光折射到遊人臉上。

「不登天遊峰，虛枉此行」的廣告牌就在前面，情緒高昂的遊人根本不知被耍弄般又一哄而去，「天遊峰，天遊峰就在前面，快點！」

我和媽當然沒有加快腳步，在五曲橋的時候，我看著她緊張地把包包握在胸前，就怕擁擠的人群把她的包包擠去。我不知道她包包裡有些什麼，不就是女人雜七雜八的梳子、髮夾、紙巾等小東西嗎？何須如此慎重，恍若裡面裝了金條。

不過在觀賞河面景色的時候我又注意到她臉上的表情，有種豁然開朗的感覺，雖然只是曇花一現，很快又板著臉，但總算是個好開始。

一天還長著呢，我期待登山。

沒想到，登山前的景象竟是如此「驚天動地」。

「上面一共有828個臺階，你們看，螞蟻都列隊上山了！」導遊又帶來「警訊」，忙抬頭一看，只見人群已經蔓延著，不見盡頭。

「一個臺階站一個，就有八百多人，還不包括準備上山的人，你們要有心理準備。」

「那上去不是要很久？」媽年紀那麼大，能做慢慢上去的「螞蟻」嗎？

「山不高，才不過408.8米，一個多小時兩個小時就能攻頂。」導遊輕鬆地說。

來到天遊峰腳下，仰望天遊峰，這山就象一塊巨大的石頭，面對我們的一面，沒有一棵樹，岩壁灰黑，自上而下，由於受到千萬年的雨水沖刷，形成了無數道平行的小石槽，聽說在下雨的季節，山水就會留下，成為一道絕佳的風景。

果然臺階的登山口又是一串人龍，真的很想叫媽不要上去了，走了三分之一的上坡路，四周樹木蔥綠，流水潺潺，人早已走進了原始森林之中，無需上山已是心曠神怡，舒服不已。

但媽好像完全沒意思要打退堂鼓，這是她的脾氣，要做的事情就一定要做，不達目標不死心，在沉鬱的心情中能夠尋找目標，或許也是件好事，起碼登山的過程能讓人奮力向上，忘記一些舊情舊事。看著媽義無反顧地去排隊，我又那能做那只掉隊的螞蟻呢？

導遊沒有跟上來，只讓我們自己登山。跟著人群挪動，一階又一階，太陽真的好毒，曬著身上就鑽進你皮膚裡去，好像要把你當小籠包蒸著，媽又把包包緊緊地抱在胸前，好像包包不耐熱會蒸發掉一樣。

爬上半山腰的一個平臺放眼遠眺，只見群山連綿，不少地方煙霧繚繞，顯得非常美麗；向上望，還是斷崖絕壁，山高還在不知處。

我們沒有做失敗者，扶著欄杆繼續奮力攀登，挑戰自我，一鼓作氣，最後終於登上一覽台。站在一覽台，憑欄遠望，只見大王峰、三教峰、仙女峰盡收眼底。俯瞰九曲蜿蜒，竹筏輕蕩，令人陶然忘我，彷彿置身於蓬萊仙境。

沒有在山上久留，導遊還在山下等我們呢，說是已經安排了時間要帶我們去坐九曲溪的竹筏，下到山來，媽堅持一定要先到紫陽書院去轉一趟，導遊揪不過，操了個捷徑穿過高高低低的一些坡路，宋代理學家朱熹的雕像便出現了。

學院入口處的牌匾介紹著：書院位於武夷山五曲隱屏峰下。始建於宋淳熙十年（一一八三），稱武夷精舍，南宋末年擴建，稱紫陽書院，明正統年間改稱朱文公祠。宋朝理學家朱熹曾在此講學達十年。書院各處石壁上，留有許多詩文手跡，尤以朱熹親筆題勒「遊者如斯」和人陳省在曬布岩刻下的「壁立萬仞」為著。

媽在意的一字一句念著，好像在念給誰聽，導遊好奇地看著我，對於這一個少話的遊客肯定心裡尋找著許多懷疑。

我也不解媽此刻的心情，但能明白她為什麼想來紫陽書院的目的。爸是個教書先生，一直以來都以教育為重，媽在爸的耳濡目染下同樣視教育為人生基礎的一切，又怎能不對朱熹這位教育家尊重不已。

走入清幽的書院，一個簡樸的小學堂便呈現眼前，堂前掛著朱熹手握書本的圖像，堂內幾張舊桌小椅子「規矩」擺著，彷彿當年學生上課樣子。朱熹離我太遠，倒是小學讀書的情景在此刻悄然又回來了，有股溫馨，讓我不得不迫不及待坐下當個聽書的小兒郎。

媽也進來了，坐到了我的身邊，把包包放在桌上，怔怔地看著手握書本的朱熹，嘴角泛起了笑意。想起爸了吧，某些美好的記憶被掀起，在寧靜的書院裡揚開……

我們共同沉浸在各自的回憶中，雖不同卻又千絲萬縷地牽著，母親牽著的是個和她相守了大半生的老伴，我牽著的是爸拖著我的小手到學校上課的情景……

猛烈的陽光因為有著大樹的遮掩顯得暖和，趕往九曲溪的星村碼頭，登上了六人的竹筏，一個半小時的水程彷彿把人生帶入了另外一個境界。抬頭見山、俯首觀水、側耳聽溪、伸手載水，竹筏在水裡急速漂流，人在畫裡慢慢悠遊，山臨水立，水繞山行山水相依相偎，佳景自然天成。俏皮的年輕筏工告訴了我們關於山水的一些故事和傳說，相傳唐堯時率領族人來到居住，當時洪水氾濫，到處汪洋一片，民不聊生。彭祖的兩個兒子彭夷帶領大家挖河堆山，疏浚洪水，他倆所挖的河道就是九曲溪。人們為了紀念武、夷兩兄弟，就把此山稱為「武夷山」，並在九曲溪匯入的地方建造了武夷宮。

九曲溪竹筏

民間故事充滿著神話色彩，深深吸引著走入畫中的我們，媽耐心聽著，臉上浮著淺淺的笑意，從上天遊峰開始到現在，我看著媽在改變，頭髮依然斑白，但腳步輕了，憂鬱的臉頰像輕輕撲上了一層紅粉，有了氣色。

見我們遊興未減，導遊又提議我們不如走段路去看「大紅袍」的母樹。

我怕媽累，很想一口推卻，沒想到媽竟說：「都來了，就走走吧！」

「岩骨花香漫遊道」是武夷山精力打造的三條漫道中最美麗的一條。走在漫道上，導遊總算盡責任為我們解釋了什麼是「岩骨花香」？原來「岩骨」指的是「岩石味」，是一種味感特別醇而厚，而能長留舌本回味持久深長的感覺。只有生長在礫質沙壤中的茶園中才能讓這「岩石味」更為突出。「花香」並不是像花茶一樣，是茶青在武夷岩茶特有的加工工藝中自然形成的花香，品種不同有各種特有的品種香，但香氣要求銳則濃長、清則幽遠、馥鬱具幽蘭之勝。

茶樹安靜地孕育著枝頭的茶葉，不管遊人在走道上的嚀擾，「大紅袍」母樹在期待中出現，高高的生長在岩壁上，周圍被矮牆圍住，被視為稀世珍寶。照相機拼命拍著，裡面有媽的入鏡，抱著包包和久違了的笑。

回到酒店，媽慎重其事的包包打開，把裡面的一個小瓷甕拿了出來。我嚇了一跳，從沒有想過她會帶著一個這樣的東西出門。

「這裡面到底是什麼？」

「你爸爸的骨灰啊！」媽頓了頓：「你爸爸終於和我們一起來武夷山了，這可是他本來的願望啊！」

爸在世時，本來安排了和媽一起來武夷山旅行，沒想到某一個早上，兩人去小販中心吃早餐，爸突然倒地不起，永遠的就走了。

「這一趟武夷山沒有讓你失望吧，來過了，也就滿足了你的心願，好好去投胎吧！」母親雙手合十對小姿甕拜了拜。

原來這趟不是二人行，連爸爸也來了，我卻一點也不知道。

「你怎麼會想到要這麼做的？」我確實好奇。

「你不認為很好嗎？」

當然好，一趟旅程完成了爸的心願和媽解開的心結，是雙重收穫啊！

臨回家的那晚，我和媽偶然走入一間茶店，遇到了個俏麗的姑娘介紹我們喝武夷山最頂級的紅茶金駿眉，燙開的茶湯中，茶葉溜轉著，外形黑白相間，烏黑中又透著金黃，茶底清澈亮麗，叫人回味。

姑娘在泡茶的時候說了一句充滿禪味的話：你的心就決定茶的味道。

或許就是這樣吧，一切皆虛幻，皆因心而起。

與風箏邂逅

上了天遊峰，坐了九曲溪竹筏漂流，走入宋街，有人發現了牆上介紹的一個景點——下梅村，便使本來自由活動的空間又被侵佔了。導遊盤算著打算前去的人頭，紫靜站在人群的最後面，最後還是被點中，她搖搖頭表示不去。

「你去過？」旁邊的人問她，她不置可否地點點頭。

「好玩嗎？」對方又問。

一時不知要做什麼反應好，好像沉澱多時的醬罈子，突然被翻動，往事便被攪起來了。

八年前，是獨自一人去的。

「去過也可以再去的嘛。」其他的人也插了嘴。

大家都想去，只剩下她一人，唱不了獨角戲，只好跟上。

不知為什麼，心境在越趨近下梅村的路上就越慌亂。紫靜自己也說不上來，往事如細沙般在她臉上撒下，慢慢流到心口，人心的最傷處。

那年帶著一顆毫無畏懼的心，就只想一個人闖天涯，做個旅行達人。武夷山之旅只不過是其中的一個小站，沒想到來到下梅村後竟遇到另外一個人，這個人使她以後的旅程成了二人世界，一個喜歡攝影，一個喜歡旅遊的搭在一起就是絕配。

那是個響午時分，村很靜，大部分的村民大概都午休去了，只有幾個閒暇的婦人坐在廊道上的長凳上打牙祭。曬出去的小魚乾熟透般掛著，幾隻土狗懶洋洋躺著，就算有人走過牠們身邊也似乎不受驚動。寧靜、安詳在此刻最適宜形容這樣的景致。

繞了三坊七巷出來，紫靜剛想學著婦人坐在凳上歇歇腳，目光正朝仍在慢慢流動的溪水望去，冷不防對面有人叫了一聲，「就是這個姿勢，別動！」

自然是動了，誰想到有人在跟自己說話，抬頭望去，對面廊道上一個男人架著專業攝影機正在拍照。

被人莫名其妙拍了，就感覺不被尊重。

紫靜有點生氣。

「剛才那張美人靠拍得不錯，給你看看。」對方竟毫無忌憚的走過來，還把相機畫面遞過來給她看。

沒想到拍得真漂亮，把自己的特有神韻都捕捉到了，自己平時都很少拍照，就因為拍出來的照片，裡面的自己都「太平凡」。

「什麼美人靠，誰說你可以隨便幫人拍照的？」心裡雖然暗自欣賞對方的拍攝技巧，但嘴裡還是要不饒人。

「美人靠都不懂，你來這裡幹什麼？」對方沒有回覆她第二個問題，反而取笑她對第一個問題的不認識。

「旅遊，到處走走看看，心裡舒服就好，歷史研究不是我的工作。」

「那你總得要知道點東西啊，要不全都白看了！」對方蹙眉看著她，好像在看怪物。

「每一趟旅程都是新的發現，錯過就太可惜了。」

紫靜一愣，從來沒有人對她說過這些，她的旅程都只是開心就好。

「以前的下梅村自從成為一個茶市後，這裡的男人們就多外出經營茶葉，為了等自己的老公回來，做老婆的就會在傍晚的時候坐在這裡守候她們老公的船隻。」

對方沒有管她愛不愛聽就逕自說著。

她瞪大著眼睛看著對方，好像小學生第一次聽老師講課。

「來，帶你繞個圈，再幫你做點功課。」對方回身就走，似乎紫靜這個懶學生一定會跟上來。

「幹嘛要跟著你，真霸道！」心裡這麼說著，但腳卻很自然的跟上了。

「每一趟旅程都是新的發現。」就是因為這句話嗎？

「下梅村是一座因茶葉而興，也因茶葉而衰的古村落。雖然溪水依然緩緩流淌著，但以前的熱鬧與喧囂都不見了，你肯定想像不到，這裡曾經有個稱號叫『萬里茶道第一村』，是閩北到莫斯科萬里茶葉之路的起點吧！」

她搖搖頭，還是不知。

「當時的人可是冒著生命的危險來買茶葉的，船都是從這裡出發，然後北上，以中俄邊境的恰克圖為中心，然後橫貫歐亞大陸。」

他的目光向遠方望去，好像自己就站在某艘船的甲板上，正向大海遠處的陸地進發。

接下來他領著她鑽入古屋。

「再仔細看看這裡的古建築物，布局都會考究，東閣西廂、樓臺歇屋、天井花園，樣樣都有，而且建築工藝都十分精湛。」

他突然抓起她的手就往屋旁的柱子敲去。

「是石砌的牆基，木柱打造的橫樑，下梅村居民房子的獨特風格。在大房子裡面，更是閨樓、書閣、花園、經堂、廂房都一應俱全。」

房子剛才自己也繞過圈子，可什麼都看不出來，經「高人」這麼一指點，才發現裡面隱藏著多少豐富細節。

鄒氏家祠、鄒氏大夫第、程氏隱士居、西水別業、方氏參軍第等在他的解說下就像一部古建築群書，在眼睛和腳的「翻閱」中讓她豁然開朗。

冥冥中，某種情緣也就這樣牽起來了。

回新加坡後，兩人開始保持聯繫，也相約去了歐洲一些地方，一個攝影，一個旅遊。「每一趟旅程都是新的發現。」讓紫靜每回都把功課做足。

費周章的當然還包括感情的經營。

三十幾歲的女人了，能坐坐「美人靠」也是心甘情願的。

但有些事情好像就只是一廂情願，天鵝和老鷹的要求都不一樣，一個盼望停下來，一個卻想永遠飛。

下梅村景：石橋將小溪隔開兩邊民居連接

慢慢的情緣就淺了，沒有夢想不會讓人前進，她看著風箏漸飛漸遠，也沒有刻意去拉線一把。

日子不會因為感情停頓，這個時代，放下很容易，生活繼續，旅遊繼續便行了，誰還去要求那麼多。

本以為放下就行的紫靜，卻突然被再次的造訪掀起內心深處最不願意被挖出的一塊。

導覽員像念經一樣帶大家兜兜轉轉，解釋著歷史，建築物的建構，紫靜全沒聽進去，獨自一人拐入小巷。

巷靜，一個老婦人兀自坐在屋簷的斜影裡，眼光毫無目的般望著巷弄另一邊的出口，卻又好像在等待著某人的歸來。一隻老狗盤坐在她身邊，倦倦的在打盹，好安詳寧靜的畫面啊！

她馬上掏出手機，想把這幕情景定格。

「小姐，讓開點，你擋了我的角度了。」

一把聲音從一個轉角處響起，紫靜一聽便愣住了。

她緩緩地轉過頭來，一個粗獷的男人立在那裡，兩人一見，都傻住了。

原來風箏又回到了這裡，是歸結還是再開始，沒有人知道，包括紫靜，她也不知。

朵拉

朵拉——原名林月絲，出生於檳城。專業作家、畫家。祖籍福建惠安。在中、台、新、馬出版43本著作。現為中國大陸《讀者》雜誌簽約作者、世界華文微型小說研究會理事、世界華文作家交流協會副秘書長、環球作家編委、中國王鼎鈞文學研究中心特邀研究員、馬來西亞華人文化協會檳州分會副會長、大馬華文作家協會會員、浮羅山背藝術協會主席、檳城水墨畫協會主席，馬來西亞TOCCATA藝術空間文化總監，大馬拿督林慶金JP出版獎總策劃，檳州華人大會堂文學組主任。

曾獲讀者票選為國內十大最受歡迎作家之一，文學作品譯成日文、馬來文等。曾獲國內外大小文學獎共41個，包括第二屆世界華文微型小說獎（黔台杯）等。80年代開始水墨畫創作，2000年開始油畫及膠彩創作，圖畫個展及聯展50餘次。

花影廈門

上坡的路兩邊都是花，燦爛絢麗，簇簇團團的紅花襯著蒼翠碧綠小葉子，熱鬧喧囂，蓬勃旺盛地在午後逐漸柔和的陽光下晃蕩，映得一路紅光豔豔，綠影蔥蔥。司機解釋這條叫「怪坡」路的原由：對面車子的人看來，我們的車子彷彿在極力爬坡，其實是開在輕鬆的下坡路上。耀眼奪目，絢爛如霞的花影叫遊人失神，竟沒注意來車姿態是上坡或下坡，一心一意想著花的名字。

路旁有人題「梅海嶺」，初見以為說的是冬日開花的寒梅，經司機點醒才知是三角梅。學習水墨畫期間曾師從廈門畫院院長白老師，三角梅是他喜歡的題材。白老師下筆先調好濃淡相間的紅色，這裡一叢那裡一簇，看似隨意塗抹，接著用墨或色勾勒花的三角形，再以濃橙深黃蘸白色點出花心，原先看著零亂的濃紅淡黃剎時收拾得焦點集中，葉子和枝幹多以淡彩或淡墨輕抹細塗，可能把筆落在花前，或索性隱在絢麗花兒背後，這前後有序，虛實濃淡完全是為了襯脫三角梅怒放的熱鬧非凡氣息以及不可方物之美豔。

廈門人稱三角梅的九重葛，香港人叫簕杜鵑，住在馬來的華人，延續上一代的稱呼不知究裡叫它杜鵑花，馬來人則以薄如紙的花瓣為名，喚它紙花（BUNGA KERTAS）。枝幹硬朗虯勁的三角梅，花如紙般輕且薄，散發出熱情而溫柔的氣息。陽光照耀下，長年花開不謝，極其潑辣的姿態十分張揚，不理有人欣賞或無人觀看，瀟灑不羈的花，我行我素自開自落，花瓣飄灑下來洋洋大觀鋪滿一地，織成鮮麗濃稠的紅色地毯，這份剛柔並濟，自在灑脫深受廈門人喜愛，選為市花。

廈門白老師畫這花，在似與不似間，一時不明何謂三角梅，回家後企圖模仿，下筆發現水墨淋漓的表達手法難度太高，水平低劣的學生不懂控制水份便不好摹臨，擱置下來，一直到無意間在一本散文合集遇到汪曾祺。汪曾祺說在雲南，人人叫它葉子花，因花和葉形狀相似，不過顏色不同。他還告訴讀者說在昆明這花很多，「夏天開花。但在我的印象中，它好像一年到頭都開，老開著，沒有見它枯萎凋謝過。大概它自己覺得不過是葉子，就隨便開開吧。」看見飽亮赤豔的三角梅努力綻開的姿態，無人不為這隨便開開的花的熱情奔放和無處不生長的活力十足而讚歎不已。

據說十八世紀中葉，一位專門收集奇花異草的植物學家在南美洲引種回國，三角梅因此又名南美紫茉莉。提供這資料的黃老師在文中書寫植物學家首次見到三角梅的情況，「……第一次看到三角梅以蔓生的枝條茂密地爬滿了房子的牆上和屋頂，高高地炫耀著比南美洲的太陽更耀眼的紫紅色花朵時，一定是重重地發出了一聲驚歎的。」閱讀的時候微笑起來，黃老師寫的恐怕是自己和三角梅首次相遇的心情吧。

汪曾祺寫三角梅，並提起初訪福建時到鼓浪嶼拜訪舒婷。我們這回受邀到廈門采風的首個景點安排的正是鼓浪嶼。當年在廈門大學求學，白天積極讀書，奮力到頭昏腦漲的下午，同居瑞典女孩珍妮把書一闔，站起來就說，走吧。兩個寂寞的同學結伴到南普陀寺車站，搭上開往輪渡碼頭的巴士，有時半路下中山公園到廈門畫院去看中國畫，多數時候直達碼頭，興高采烈和人山人海的下班同志擠船，目瞪口呆看他們在輪渡的門已關上，還不停攀爬到到船上來，歉疚的心考慮更換上島時間，把位子讓給工作了一天心急回家的島民。隔天臨近黃昏，兩顆心又蠢蠢欲動，相約鼓浪嶼。夕陽晚霞海浪濤聲，沒有車油煙味人人步行的島，繽紛鮮豔的花朵和古老蒼勁的大樹，殖民地風格的老建築，日日召喚兩個埋頭讀書的女生，最終抑止不住誘惑，又再搭上巴士，到島上漫步閒遊，等待紅豔夕陽悠緩落下，吃過晚餐再乘搭輪渡過海回大學宿舍蔡清潔樓。

那時不懂欣賞小小的三角梅，島上那些高聳入雲，可容數人環抱的年老歲高鬍子長到地上的老榕樹更叫忍受孤單而心情浮躁的人感覺實在些。今日島上氣候涼快陽光明媚，一行人決定徐步慢行，經過鐵花圍牆上劃著音樂符號的公園裡，幾株熱切渴盼遊人目光的三角梅正盎然忘我地火般燃燒起來。

長在鼓浪嶼的三角梅還在舒婷筆下到處大蓬大蓬綻開，「是喧鬧的飛瀑／披掛寂寞的石壁／最有限的營養／卻獻出了最豐富的自己／是華貴的亭傘／為野荒遮蔽風雨／越是生冷的

地方／越顯得放浪、美麗／不拘牆頭、路旁／無論草坡、石隙／只要陽光常年有／春夏秋冬／都是你的花期／呵，抬頭是你／低頭是你／閉上眼睛還是你／即使身在異鄉他水／只要想起／日光岩下的三角梅／眼光便柔和如夢／心，不知是悲是喜」。日日鮮亮熱烈地怒放著姹紫嫣紅的花，叫詩人在異地他鄉想起時，心便柔軟了。

從菽莊花園出來時，作家團中有人問，怎麼不聯繫舒婷呢？有人回答「這段時間她好像不在」。幸好，不然錢鐘書說過的，去看生蛋母雞的故事，就會可笑地重複。吃個好吃（或難吃）的蛋，不一定要去看生蛋的母雞吧？旅遊路上，看花看樹看風景，就已經是一程豐盈的享受。

花園之島鮮花繁茂的美生出一股叫人無法抗衡的魅力，遊人雙手不停地拍照，照片裡，三角梅並非主角卻處處可見。花兒那麼小，那麼薄，出現時枝連葉，葉連花，花連枝，有時鋪天蓋地，有時此起彼伏，有時壯闊浩蕩，總是密密麻麻，遍地欲燃，叫人看見春天的勃勃生機。

去年春日臺灣行，回來畫了許多花，寫了許多花，自己看著心生歡喜。這些年來，繪畫和文章裡花開不斷，積累不少，自我勸告，也許應該適可而止。今春到廈門采風，出門前決定回來不要再畫花，寫花，可是，一路上花影簇簇，為每日活動做記錄的簿子不小心丟了，回來至今，在腦海裡影影綽綽的全是春日盛開的三角梅。

就寫一寫廈門的三角梅吧。

三上武夷

我們去采風的地方，立著一塊大石頭，紅色的字很搶眼：「武夷占盡人間美，願乘長風我再來」。昨夜黃昏乘飛機自廈門起飛，抵達時，武夷山給我們看的是一片朦朧雨景，水氣氤氳的街燈在小巴的玻璃鏡子外閃爍，街道上行人車子都不多，近處的綠樹在夜影裡也是晃晃的綠，只有遠遠的樹林一片黑暗。

隔天清晨站在以丹霞地貌著稱，自然風光獨樹一幟的福建著名風景旅遊區和避暑勝地，雨已停竭，天空蔚藍，綠樹蒼翠，穿過擁擠的遊客，見到另一塊巨石上，江澤民在2008年告訴大家這兒是「世界文化與自然遺產武夷山」。

從前見到「鬼斧神工」這成語覺得很誇大，可是，如果用來形容億萬年大自然打造出「三三秀水清如玉」的水（九曲溪）和「六六奇峰翠插天」的山（三十六峰），再加上七十二洞，九十九岩及一百零八景的武夷山，這句成語竟似貼身製作，不用鬼斧神工，還真找不到其他詞匯替代。

美景處處有缺點，叫遊客變得不聽話，導遊也難做，他不停說回來仍走同一條路，現在趕快上山爭取爬天遊峰，路上先別拍照，一團作家竟無人理他。山裡氣候陰涼，山路亦不陡斜，一邊是樹，一邊是竹，隱在茂密竹林後邊，山澗溪水聲潺潺傳來，低頭一看，成群結隊的竹排，正在順流而下，竹排上坐滿穿著比山中鮮花還亮麗奪目的橙紅色救生衣遊客。那山那水那竹排，配合得天衣無縫的景色，拍下來的畫面簡直就是武夷山標誌。

並非首次上武夷山，碧綠得水晶鏡子般的九曲溪也不是頭一次見，可那晶瑩明淨無論經過多少次重逢，每一回相見就一回震憾。來到天遊峰山腳，開始登山之前，導遊提醒大家今天攀登天遊峰的遊客超多，話猶未完，抬頭望見半山密密麻麻排著長隊的遊人，不能用擠成一團，看起來卻是很難再把自己擠進去，真擠了進去以後，回頭還得設法再將自己擠下山來。這挑戰的難度未免過高。有人堅持「不上天遊，等於白遊」，邊說邊去排梯隊。我遙望一分鐘，然後自我安慰，海拔408米，相對高度215米的天遊峰之前已登過兩次，也曾兩回把自己縮得瘦瘦地終於穿過最窄30米的一線天，這上邊的景點其實是一塊寬800米，高200米的巨石，有人甚至謔稱「一塊石頭遊半天」。最後決定這一趟不爭先恐後，閒閒在山下看花看樹看風景。

導遊也跟著我們，並解釋他不跟上去的原因，上下天遊峰路線不同，但都只有一條，不怕走失。看這瘦瘦的青年，一天起碼帶一團遊客上天遊峰，就算一日僅只一趟，也都累得夠嗆人的。每天都得走這麼多山路嗎？聽到我們提問；導遊笑說：武夷山人大多是瘦子。在山下成天為肥胖煩惱的朋友聽了都想住下來。

滿山深淺濃淡的綠，不僅是山是水，就連空氣也是清新的綠色。往山腳下候車站走的半路，遇見好些個寫生畫家，不理路人經過或停下在旁邊觀賞，專心一意，心無旁騖把心中美好風光用畫筆留在紙上。過了雙乳峰，導遊說起朱熹。南宋理學家朱熹14歲到武夷山，71歲逝世，在這裡生活50多年。他創辦武夷精舍等書院，著書立說，設帳授徒，成為當時最有影響的理學學派。直接在武夷山受業於朱熹的學者達200多人，成為著名理學家的不少。武夷山因此成為中國東南文化的中心，被譽為「道南理窟」。中國歷史學家蔡尚思教授稱譽：「東周出孔丘，南宋有朱熹。中國古文化，泰山與武夷」。說完帶我們往左邊小道一踅，「武夷精舍」牌樓隱在山丘林中。牌樓後邊就是書院，進去參觀，發現全間新建築，第一進中間牌匾為「靜中氣象」，兩邊對聯是「集大成而緒千百年絕傳之學，開愚蒙而立億萬世一定之規」。第二進橫懸牌匾為「理學正宗」，對聯是「宇宙間三十六名山地未有如武夷之勝，孔孟後千五百餘載道未有如文公之尊」，院落幽靜，遊人零落。往回走出到外邊，左邊小丘草地上幾個塑像在陽光下寂寥地站立，唯一坐著的，手上捧書在講學，應該就是朱子了。

旅遊小巴把我們載到碼頭，心情益發昂揚，武夷山，來過又來，又來再來，路途遙遠而不厭其煩，皆因九曲溪的竹排遊。充滿期待的興奮，卻得繼續等待，一個排六個人，我們差了兩個，必需與其他遊客拼湊。幸好人多，馬上便搭上世間最古老的行舟。九曲溪全長60公里，流經景區9.5公里，自西向東順水流。竹排行在碧山綠水間，雙腳解除了酸疼，人消除了疲累，馬上發現導遊一路不斷強調的「曲曲含異趣，灣灣藏佳景」，毫無一點誇張。開始的時候，活潑的船夫唱山歌又說故事，但竹排上的作家卻開始為「到底是為了什麼寫作」而進行辯論。幸好上竹排的時候，船夫交待最瘦的人坐最前面，後邊的文學辯論會，我時聽時沒聽。斜倚著竹椅，先是瞇起眼睛，後來戴上墨鏡，陽光下的溪水在山峰遮掩處翠綠如玉，轉個彎不見山時又白花花地刺人眼，不知是山繞水轉，或是水繞山轉。大王峰玉女峰的故事從前聽過，沒有注意聽，倒是眼前山峰下的水岸邊，有一對年輕的新婚夫婦在拍婚紗照。攝影師拍攝下瑰麗磅礴的碧水丹山和漂亮溫馨的幸福人兒，兩者皆眼前一亮得看了不禁充滿憧憬。

竹排上的作家意見不和，有人非要為底下層人民說話才寫詩，有人則認為描寫自己熟悉的生活儘管平常凡庸也是創作的最佳主題，爭執時間長了，有一點點面紅耳赤的激烈。幸好彼此皆初識，陌生便不好隨意宣洩情緒，於是沒有吵架。究竟應該為什麼寫作？來自世界各地不同國家的作家，生長背景迴異，思路想法便有分歧。每個人的看法一定都有原因，都值得尊重。法國人的諺語「因為瞭解，所以同情」說得最好。

遊過武夷山，回去以後，大家為各自的理念繼續創作吧。

九曲溪船夫不像其他景點的商販現實，我們沒給小費，他們除了費勁撐篙，還給我們唱歌說故事。就像值得尊重的作家們一樣，船夫的自律自重也是叫人佩服的。

前兩次上武夷山，不知為何湊巧都在秋天。郁達夫曾經說過「春天，無論在什麼地方的春天，總是美好的，」這回采風選擇春日行，真是愜意合心的季節，就在武夷山，夢裡的山水又來到了眼前。

三看武夷，美麗如昔，一如回憶。

同安花事

抵達廈門已經遲了，旅人搭上延誤的班機，也許是好運氣，雖然接機的人走了，需要自己叫的士到酒店，卻再度感受廈門人的溫情。一個姓葉的先生，陌生人，聽見他說閩南話便上前詢問，出門在外，不迷信的人也相信緣份，機場到處閩南口音，年紀和我相近的他看起來一副可信任樣子，果然他詳細告訴我酒店的距離和的士的大概收費，還借我打電話！

看起來有陽光的好天氣午後，卻下著若有似無的雨，沿途的木棉花反而增添了清秀。絢豔的紅木棉，喜歡相約開滿一樹，璀璨奪目太過，不敢逼視，然而四射的豔光又叫人無法不去看它，絲絲細雨中的紅木棉不再刺目耀眼，彷彿少塗胭脂的美女，多了清雅秀氣的姿態。很難忘記數年前在莆田延壽山莊，黎明前的散步，遇見一落得一樹清光只餘枝幹的木棉樹，待晨光初露，才見枝頭唯一一朵，在晨風中巍巍顫顫，要掉不掉地令人擔心，那天清晨勁風猛刮，它搖搖欲墜，始終堅守枝頭，不掉，不落。

春天是廈門的木棉花季吧，從島上到同安，途中時時和木棉花相遇，無需刻意走到景點，路的兩邊就是。紅豔豔地把天空映得一片絢麗。車子穿過翔安隧道朝向馬塘村方向行去，參觀銀鷺集團工廠之前，先踅往翔安區新墟鎮古宅村，這回世界華文作家交流協會到廈門來采風的贊助人黃添福董事長，邀請大家到他的歐式「福園」喝茶。

包圍在山林田野間唯一的歐陸風格洋樓共有三層，花樹繁盛的庭園裡停泊好幾部名車，其中一輛是勞斯萊斯，另一邊樹下有塊書著「福園」二字的大石。住在有福之園的主人家熱情招待作家們喝好茶配甜點。福建人對朋友親切，喜歡把朋友請到家裡來一起喝茶聊天。啜著鐵觀音，突然想起昨晚歡迎宴上，龍蝦鮑魚螃蟹等等十幾道名貴菜肴之後，最後上來一盤炒米粉。坐我旁邊的主人黃董說，閩南人請客，一定有炒米粉。原來「從前大家都很窮，好不容易家裡來了客人，炒盤米粉請客人，客人肯定不好意思吃完，待他走後，家裡的小孩那天就有點心吃。」閩南人因此在請客時也不忘記貧窮的日子。茶敘過後特別到屋子後邊保留的老宅「大夫第」參觀。走進已破落又重修建門面的老屋裡邊，在前宅後院左彎右轉，徐行緩步慢看，方知占地之大，足以住上八戶人家。

蔚藍天空下，歲月沒有放過紅磚紅瓦的古樸老建築，重重地抹上了風霜和滄桑，可歲月沒有機會抹去血濃於水的親情。書香世家出身的黃家兄弟，格外重視兄弟情，讓世界華文作家們深刻體會了好客，熱情，真誠是閩南人的特質。這一趟廈門武夷山采風行便是黃董體現了他對親情和文化的重視。質樸謙和的他，淡淡地說：「我不算有錢，但我的兄弟心水熱愛文學，我便幫他完成這份心願。」

銀鷺集團的食品事業遍布中國，遠征國際，不能不驚歎；集團為馬塘村的建設，包括寧靜溫馨的幸福老人院，無法不讚歎。新穎的建築，藍色天空，蔥綠草木，姹紫嫣紅的花樹，乾淨整齊安靜的村莊，笑臉迎人的慧姐，喜愛閱讀的蔣總，下鄉服務的大學畢業生小謝，相遇又談得投契便叫投緣，參觀過後，作家們紛紛追問，如何入籍馬塘村？

路邊海報「美麗新圩，幸福馬塘」，不只是口號，而是已經實現的理想。另一海報是「美麗廈門・五大美麗特質」：「山海格局美，發展品質美，多元人文美，地域特色美，社會和諧美」，按照馬塘村城鎮化改造的規劃方式，相信締造美麗廈門在望。

比較起來，同安影視城裡仿造的天安門，太和殿，養心殿，頤和園及明清一條街，建得金碧輝煌，古意盎然，觀光的作家群大都去過京城，再加上所謂的「天子上朝」，「拋繡球」等表演皆草率隨便，據說這兒是劇組拍攝影視的主要地點，但對作家顯然缺乏吸引力。臨別之前，導遊帶領參觀一間仿北京四合院的住宅，正在好奇閩南地區怎麼出現北京四合院時，周邊擺設說明，這是當年廈門遠華集團頭目賴昌星曾經的住所。四合院中，幾株未開花的火鳳凰樹，碎碎密密的小葉子篩下碎碎密密的光影，遊人走過，灑在地上的光影仍在。畢竟時間太過久遠，年輕人都忘記了，一對穿著清朝款式結婚禮服的男女，坐在四合院門口，高掛一對紅燈籠的廊下拍攝婚紗照。經過的作家被他們的笑臉沾染了喜氣，紛紛向他們道賀，盼願一對新婚夫婦從此和和氣氣過日子，快快樂樂到白頭。

影視城努力在模仿明清建築，真正的同安古跡是建於隋唐間的梅山寺和梵天寺。先到的梅山寺，年久歲長，寺廟多次毀建，傳說朱熹曾在梅山寺左旁講學，並以楷書橫題「同山」，這兩個朱砂紅字，現在寺後南麓的岩壁上，已成福建全省最大的摩崖石刻，時間迫促，未能親眼目睹，惟有帶著缺憾到大雄寶殿。同安人導遊這時忘記佛家乃清靜之地，充滿自負高聲地介紹供奉在內重達六十五噸的全國最大白玉佛像，「以質地溫潤細膩晶瑩剔透的緬甸白玉製成，用99.9金箔淡彩描金，最後用七種寶石鑲嵌。」有求必應的白玉釋迦牟尼佛眼睛半閉，嘴角含笑，慈祥地看著齊齊跪在地上虔誠膜拜的作家。

走下梯階，無聲的三角梅在「梅山仙境」的石壁旁熱鬧喧囂地盛放，仔細看竟是1993年在廈門拜會過的朱鳴岡老師的書法，攀延石壁上的爬山虎綠意盎然，油亮亮和豔紅鮮花比美。下了階梯轉回頭往上看，梅山寺之美才真正呈現。寺前廣場一座焚金紙爐，然後三層高的廟，共有七層飛簷，一層窄疊一層寬，一層寬又疊一層窄，幾何圖形樣的梅山寺在白雲下散發典雅氣質。往下走去看造型獨特的山門，高23米，寬23.6米的花崗石以四柱三門的結構呈現，兩側用八根特殊龍柱護衛山門，形成穩固的三角形，據說在全國石材山門中絕無僅有。支撐山門的其他柱子採用多重疊加方式，先垂直後倒掛，遍布一百多條龍，象徵富貴吉祥。就連斗拱也採用整塊石材，構件與構件之間運用槽形相接，不留任何縫隙，仿宋代雕刻風格，並體現佛教故事和傳統故事主題。修建耗時三年，耗資一千萬元，聘請石雕師父共六十名，皆來自福建著名的石雕城惠安。門前左右矗立兩隻威猛的石獅子，也是惠安人的傑作，祖籍惠安的女作家與有榮焉，依依不捨。

梅山寺對面，是福建最古老的佛教寺廟，創建于隋朝開皇元年的梵天寺，比廈門南普陀寺早三百多年，比泉州開元寺早一百多年，今日所見是1997年9月複建後的面貌。入門處牌匾一看就歡喜，書法充滿禪意，是弘一法師題字。莊嚴肅穆的寺裡人不多，邊院有一創建於宋朝的婆羅門佛塔，塔上浮雕取材佛教故事，神態生動，為研究宋代建築歷史與藝術的實物資料，因價值珍貴，以鐵欄圍住。蔥蔥郁鬱的廟院，花木扶疏，青翠碧綠之外，更有紅黃相間的葉子，把寺廟點綴得似公園，抬頭見到寺外有棵參天古樹，走到寺門外，葉子落光的大樹，左右打橫的枝幹上，掛滿了絢紅亮麗的木棉花。

朝著旅遊巴士走去，捨不得離開因而步伐徐緩，突然一朵紅木棉花掉在地上，不是一瓣一瓣飄落地凋萎，就一整朵，啪地一聲，離開樹枝墜了下來，我低頭拍一張照片。這紅花，選擇在梵天禪寺門口，在這時間落在我腳下，分明是在向愚鈍的我說法。

張記書

張記書，男，1951年生於中國河北。國家一級作家，中國微型小說學會理事，中國作協會員，世界華文作家交流協會副秘書長。

國內外報刊發表微型小說千餘篇；300餘篇作品在新加坡、馬來西亞、泰國、日本、菲律賓、澳大利亞、加拿大、印尼、文萊等國家及香港、臺灣地區發表；百餘篇作品在海內外獲獎。多篇作品入選為世界各地著名大學和中學教材。

已出版《怪夢》、《醉夢》、《情夢》、《無法講述的故事》、《夢非夢》、《追夢——父女微型小說合集》、《愛的切入點》、《古寺鐘鼓聲》八部微型小說集和一部中短篇小說集《春夢》。

1994年以來，先後七次參加世界華文微型小說研討會，各發表了論文。個人傳略被收入《中外名人詞典》、《世界藝術家名人錄》等數十部大型辭書。

廈門您早

參加世界華文作家交流協會廈門采風團，我與河南安陽詩人王學忠同住一室。我們都有早起的習慣，5點鐘不約而同起床，然後到沿海公園裡散步。廈門您早！美麗的廈門，天和海是湛藍湛藍的，地是碧綠碧綠的。正值木棉花開季節，沒有樹葉，只有火紅的花蓇葖的木棉花，像一束束火焰在樹上燃燒，看得我們倆如癡如醉。環衛工人正在向草坪上灑水，那帶著青草清香的新鮮空氣，猶如一個天然大氧吧，讓人每個毛孔都感到舒服。我大口呼吸著在霧霾嚴重的河北無論如何也呼吸不到的新鮮氧氣，心裡說太享受了，真乃人間仙境呀！

第一次來廈門的王學忠，看著一棵棵巨樹的樹枝上飄下的像老人的鬍鬚，問我這是什麼樹，為什麼會長這麼多鬍鬚？我告訴他這是榕樹，那似鬍鬚的東西是樹的根須。那根須一旦拖到地上，便立地生根，樹冠便隨著新的根須吸收養分而擴大樹冠。據說有的千年榕樹，樹冠有一畝多地大呢！

我們邊走邊交談。我心裡不住地問，廈門為什麼如此美麗？如果把廈門比作一座大廈，那支撐這大廈的支柱又是什麼呢？自然是人。一個曾經歷史滄桑的島城，又出現過哪些人物？他們又有什麼故事呢？那飄動著髫鬚般的榕樹，似一個歷史老人，在向我們講述一個個隱藏在歷史皺褶裡的人和事。我腦海中頓時浮現出一個個鮮活的面容——

陳嘉庚（1874—1961），出生於福建省集美社（現屬）。1910年加入中國革命同盟會，被推舉為新加坡中華總商會協理及道南學堂總理，向閩僑募捐五萬多元建築校舍；1911年，辛亥革命勝利，福建光復，陳嘉庚被推為福建保安捐款委員會會長，籌款二十多萬元支援福建財政，另籌五萬元接濟孫中山先生；1912年，陳嘉庚攜眷回國，籌辦集美學校；1917年，派胞弟敬賢回國創辦集美中學和集美師範學校；1919年，陳嘉庚回國籌辦廈門大學；1920年，集美學校增設女子師範和商科，陳嘉庚創辦集美水產航海學校。1937年，「七七」事變發生，陳嘉庚發起組織新加坡籌賑會，被推擔任主席，捐募新加坡幣一千萬元，支援祖國抗日戰爭；1938年，陳嘉庚被選為南洋華僑籌賑祖國難民總會主席。致電汪精衛反對其主張同日本和談；1940年，陳嘉庚組織南洋華僑回國慰勞視察團，並率團返國到重慶、延安等地視察慰問。

1945年，日本戰敗投降，重慶各界召開「陳嘉庚安全慶祝大會」，毛澤東主席特送條幅，題「華僑旗幟　民族光輝」八個大字；1949年，抗日戰爭勝利後，陳嘉庚回國，出席全國政協第一屆全體會議，被選為常務委員；之後，又參加中華人民共和國中央人民政府成立典禮，被選為中央人民政府委員、華僑事務委員會委員；1954年，陳嘉庚出席第一屆全國人民代表大會第一次會議，當選為全國人大常委會委員；1959年，陳嘉庚當選為全國政協副主席，創立廈門華僑博物院。

這是陳嘉庚先生一生的大事記。由此可見，他不僅是廈門這座大廈的頂樑柱，也是共和國大廈的頂樑柱。

林巧稚（1901-1983），出生在廈門鼓浪嶼的一個教員家庭。1908年，林巧稚上蒙學堂（女子小學校），之後，就讀於鼓浪嶼懷仁學校（鼓浪嶼女子高中）。1913年升入鼓浪嶼高等女子師範學校。1919年畢業於廈門女子師範學院並留校任教。1921年，北京協和醫學院落成，林巧稚考入該校。

1929年，從協和醫科大學畢業並獲醫學博士學位，被聘為協和醫院婦產科大夫，為該院第一位畢業留院的中國女醫生，也是首屆「文海」獎學金唯一獲得者。由於在協和醫院工作成績突出，她提前晉升為住院醫師，並在1932年，被學校派往英國倫敦婦產科醫院和曼徹斯特醫學院進修深造。1933年，到奧地利的維也納進行醫學考察。1939年，到美國芝加哥大學醫學院當研究生。

在出國學習期間，參觀了劍橋大學、紐漢姆大學，又在馬里蘭醫學院的婦產科進修實習。她幾乎用盡了實驗室工作之外的所有時間，到有豐富資料的圖書館學習，中午拿出一份夾心麵包充饑。除此之外，還廣泛地參觀了倫敦各家醫院和科研機構，如蔡爾斯婦科醫院、倫敦婦幼醫院、倫敦婦嬰醫院等。參觀了鐳放射治療中心站將先進科學技術應用於醫學領域的設備，這啟發提供了她的研究思路，奠定了她研究治療絨毛膜上皮癌的基礎。最後她又到英國皇家醫學院婦產科學系，在自己的老師科主任的實驗室內進行小兒宮內呼吸課題的研究，她的研究成果被推薦到伯明翰市舉行的英國婦產科醫學會議上交流，受到好評。

林巧稚是著名的醫學家，她在胎兒宮內呼吸，女性盆腔疾病、婦科腫瘤、新生兒溶血症等方面的研究做出了貢獻，是中國婦產科學的主要開拓者、奠基人之一。她是北京協和醫院第一位中國籍婦產科主任及首屆中國科學院唯一的女學部委員（院士）。她一生沒有結婚，卻親自接生了5萬多嬰兒，被稱為「萬嬰之母」、「生命天使」、「中國醫學聖母」。

她雖然長期在北京工作，她的心卻一刻也沒離開故鄉，她從工作開始，就請人列出鼓浪嶼需要資助的親朋名單，按人頭每月寄生活費，一直到辭世。她逝世後，仍然不忘祖根，將一部分骨灰葬在生她養她的鼓浪嶼上。當我們踏上鼓浪嶼，走進林巧稚紀念館毓園，肅立在她的漢白玉像前，前向這個偉大的女性致敬的時候，似有一個天使從我們頭上飛過。

廈門，有多少名人志士，記錄在這個海島的史冊上，我如果一一記下，這文章怕是太長了。然而，一個在今天錚錚作響的名字必須記下，他就是世界華文作家交流協會名譽顧問黃添福。我們這次協會采風團能走進廈門，如果沒有他的接待和贊助，我們的活動，有可能是另一個城市。

黃添福是廈門市的著名的企業家。1955年出生在有著「小官商」美譽的山村古宅（今廈門市翔安區新圩鎮古宅村）。他們家的門楣，雖然還保留著「大夫第」三個鎏金大字，但在其父黃加自戶口欄上，「家庭成分」赫然寫著「貧農」兩個字。在黃添福問世的半個世紀前，他的曾祖父黃希鷩遠赴越南經商發跡，在當地壟斷了大米、白布市場和漁港，被法國國王授予「法屬第一商家」匾額的殊榮（當時越南為法國殖民地），還被清朝政府冊封為大夫，並回鄉建造了譽滿銀同的三落雙護厝「大夫第」。黃希鰲生前樂善好施，鋪橋造路助人無數，恩澤遍布桑梓。遺憾的是，由於黃希鰲英年早逝，家族生意日漸衰落，再加上全球時局動盪，海內外親人也失去了聯繫。在那段特殊的紅色年代，黃家人過著普通貧農的生活，逐漸淡忘了曾經顯赫的家世。

1972年，17歲的黃添福到新圩人民公社當通訊員，其後又當選為公社團委書記，還光榮地加入了中國共產黨。1979年，改革開放的春風吹進這片沉寂的土地，也在年輕的黃添福心裡泛起了漣漪。1980年，他毅然辭去令人稱羨的國家公職，投奔同安外貿公司搞貿易；1986年又拋棄了鐵飯碗，攜帶全家人遠赴德國定居。在德國的6年，是黃添福伉儷最艱難的時期，他們同時頂著好幾份工作，端過盤子、洗過碗筷、開過小餐館，黃添福人生的第一桶金，每一分錢都是他們伉儷兢兢業業的心血結晶；也就是這段艱苦的歲月，形成了他們克勤克儉，吃苦耐勞，愛拼敢贏的閩商傳統美德。

就在國人日益熱衷於出國淘金的時候，難舍愛國愛鄉情懷的他們，反其道而行之；決然選擇了回國創業。1993年，黃添福伉儷在同安創辦了廈門興銀實業有限公司等商貿企業；1998年創建廈門銀福佳園房地產公司，成功開發了新三秀街的商住樓項目，拉開了同安舊城改造的序幕；2002年走出山城，成立廈門福園房地產公司，在廈門島內黃金地段建造高樓福園公寓；2005年，福園房地產跨出廈門，與廈門銀鷺集團聯手，北上安徽、河南等地，運作百萬平方米建設規模的大型房地產項目，掀開了黃添福創業的嶄新篇章……

參與家鄉建設這幾年，黃添福投資興辦的企業累計納稅額已超過5000萬元人民幣，解決了一大批農村富餘勞力的就業問題，帶動了許許多多鄉親走上致富路。自己依然過著勤儉日子的黃添福伉儷，對家鄉的公益事業尤其是教育投入卻毫不吝嗇，粗略統計，這幾年來捐款捐物合計已超過200萬元人民幣。

更值得一提的是，在黃添福伉儷的牽線搭橋下，遍布歐、亞、澳三大洲的200多個黃希鰲家族成員又凝聚到一起，並陸續回國與家鄉的親人取得聯繫，正與黃添福伉儷一道，合力續寫古宅大路富與厝的傳奇故事……

在歷史的長河中，美麗富饒的廈門島，孕育著企業家、政治家、醫學家，同時也在孕育著作家和詩人。最優秀的代表之一就是我們的「世界華文作家交流協會」秘書長心水（黃玉液）先生。心水先生是黃添福的堂兄，他們的根同在廈門。但心水先生卻是今日澳華文壇最耀眼的一顆明星。他像廈門島上的榕樹枝上的一條根須，一旦在異國他鄉紮根，就吸取著他鄉的營養，迅速撐起一片藍天。

心水，1944年出生在越南湄公河畔巴川，年幼時回祖籍居住。1962年堤岸市福建中學畢業。先後任售貨員、教師、越南芽莊甯和平和小學訓導主任、美軍合作社會計員、咖啡公司業務經理、單車廠行政經理等。他是越南70年代風笛詩社的創辦人之一。1978年8月，他攜妻子與5個子女，乘船逃難抵達印度

左起：婉冰、心水、黃添福董事長、張記書

尼西亞。翌年3月，移居澳大利亞墨爾本。業餘時間創作了大量的小說、詩歌、散文、雜文等。發表於澳洲、紐西蘭、中國、新、馬、泰、印度尼西亞、美、加、巴西、文萊、歐洲等90多個國家。

他一生著作甚豐，並多次獲獎，在澳大利亞的華文文壇享有盛名。其代表作《沉城驚夢》與《怒海驚魂》可謂是澳華文學的壓卷之作，其他作品有：《溫柔》、《我用寫作驅魔》、《養螞蟻的女人》、《溫柔的春風》、《比翼鳥》、《3月騷動》、《柳絮飛來片片紅》等。他先後榮獲1968年倫敦電臺短篇小說賽冠軍獎、1989年臺灣僑聯總會華文著述獎首獎、1993年臺灣僑聯總會華文著述獎佳作獎、1995年臺灣僑聯總會華文著述獎首獎、1995年澳洲自立快報文學獎短篇佳作獎、1996年北京電臺海峽情散文獎特等獎、1997年臺灣僑聯總會華文著述獎佳作獎、2001年臺灣僑聯總會華文著述獎佳作獎、2007年臺灣僑聯總會華文著述獎評論佳作獎、2009年悉尼新天地雜誌《我與澳洲》散文賽二等獎。

心水現任「世界華文微型小說研究會」理事、「世界華文作家交流協會」秘書長。

美麗的廈門這塊沃土，能孕育出一個文學大家，應該感到自豪。心水為廈門爭光，廈門為心水驕傲。廈門也因這些名人，顯得神奇和光榮。

世界華文作家交流協會廈門采風團的一周采風時間，轉眼即過，我們所到之處，都留下了難忘的記憶。集美鼇園、鼓浪嶼、古宅福園、同安影視城、銀鷺集團、武夷山……將深深印在我們的腦海。

再見了黃添福先生，再見了心水先生，再見了與會文友們，再見了美麗的廈門島！

賴昌星也是一顆「星」

——賴昌星「故居」前的思考

眾所周知，賴昌星是遠華特大走私案主犯。在參加世界華文作家交流協會廈門采風期間，我們參觀了賴昌星的故居。那漂亮的四合院，和室內奢華的陳設，可與北京故宮養心殿媲美。

走進賴昌星豪華的故居，
有一顆「星」在我心裡冉冉升起；
在歌星、影星如雲的祖國上空，
有一顆賊星（俗稱：掃帚星）擠進浩瀚天際。

他乘著改革開放的快車，
他打著「讓一部分人先富起來」的旗幟；
他像一隻瘋狂的黑頭蒼蠅，
拼命叮咬（改革開放）有縫的雞蛋；
他像一隻兇猛的蛀蟲，
用力地啃噬共和國傳統的官體。

他很懂得貪官的喜好，
他很清楚汙吏的脾氣；
他設下一個個溫柔的圈套，
去撈取坑國害民的最大利益。

多少貪官睡死在他巧設的甜美夢中，
多少汙吏夢醒後走進冰冷的囹圄；
他腰粗了，粗得沒有攔腰的皮帶，
他成名了，名聲可與任何明星相比。

他的貪欲太大了，
大得有些忘乎所以；
終於撞上了正在拉緊的法繩；
急匆匆逃往他鄉異域。

多數人為他的落馬拍手叫好，
說鐵掃帚清除了一片最肮髒的垃圾；
也有人對他的落馬扼腕歎息，
說他的暴富帶動了一方經濟。

當法繩千方百計把他引渡回國，
卻變成一條虎頭蛇尾的消息；
莫不是這個賊星尾巴太長啦，
他身後一顆顆新賊星正彼伏此起……

寫給采風團文友

婉冰

莫不是心水兄的「一勺真水」，
一不留神，
結成了一塊溫暖的「婉冰」。

你的詩歌情真意切，
您的小說啟迪人生，
您的散文淨化靈魂。

您的作品，最終化成三個大字：
真……善……美……

林錦

二十年前，為了華文事業，
我們在美麗的新加坡相遇，

我享受著《雞蛋花下》《我們不要勝利》；
二十年後，為了華文事業的發展，
我們再會美麗的廈門，
我夜讀《搭車傳奇》。

人生如茶，
我們在歲月的長河中啜飲；
文學似酒，
讓我們高舉酒杯，為華文事業乾杯！

高關中

數十年前，我們共同參加過：
「反動組織」（戲說）——紅衛兵；
數十年後，那股紅色浪潮，
是否還在心裡湧動？

你是一個澈底的「革命派」，
你的意志十分堅定；
你定居德國是否為了尋根，
去聆聽馬克思的心聲？！

你還是一個大串聯高手，
你的腳步早勝過了當年紅軍的長征；

你還是當代的徐霞客，
你正向地球村播撒革命（中華文化）的火種。

秀實

我們多次在世華筆會相逢，
我們都在華文創作中《捕住飛翔》。

《糾結的歌手》唱出最美的歌兒，
《雲紋瓷杯》裡浸泡著動人詩章。

接過你的《荷塘月色》，
我在廈門尋覓香港的月亮。

在你遞過的咖啡杯裡，
我品出了大紅袍的茶香。

王學忠

讀朦朧詩，眼前似乎是一片霧霾；
讀溫情詩，渾身軟塌塌打不起精神；
唯獨讀學忠的詩，
眼前突兀起一塊雄性巨石。

這錚錚作響的詩句，
好似當年的槍桿碰擊錘頭的火花；
情不自禁使我，
挺起了缺鈣的身軀；
似乎又見到了當年的田間、賀敬之……

你把壓抑在人民心底的怒火，
釀成一聲聲驚雷，
劃破長空：「為了生存，為了正義！」

2015年6月8日於邯鄲

左起：張記書、林錦、秀實

張奧列

澳大利亞知名華文作家，悉尼資深報人。

祖籍廣東大埔，生於廣州。原中國作家協會會員，廣東省作家協會副秘書長，北京大學文學士。

出版著作：文學評論《文學的選擇》（花城出版社）、《藝術的感悟》（花城出版社）、紀實文學《悉尼寫真》（海峽文藝出版社）、小說散文《澳洲風流》（香港開益出版社）、評論隨筆《澳華文人百態》（台灣世界華文作家出版社）、人物專訪《澳華名士風采》（香港天地圖書公司）、散文集《家在悉尼》（中國文聯出版社）等等。

先後獲中國作家協會莊重文文學獎，廣東省首屆文學評論獎，澳洲華文傑出青年作家獎，台灣僑聯華文著述獎小說佳作獎、散文佳作獎、新聞寫作佳作獎，世界華文文學優秀散文獎、中國新移民文學優秀創作獎等。

「霧」裡看廈門

我是第一次到廈門，走下飛機，正是大雨剛過，地是濕漉漉的，天是灰濛濛的。

廈門的名字我並不生疏，自幼就刻在腦海中。鄭成功收復台灣，就是從廈門發兵的；愛國僑領陳嘉庚，最終也魂歸故里廈門。而我移居澳大利亞後，更得知廈門與澳洲也有淵源。據澳洲官方史料記載，雖然第一個定居澳洲的中國人是1818年來自廣州的木匠麥世英，但第一批到澳洲的契約華工則是來自廈門的閩南人。1847年，英國洋行的「寧羅號」船載著120人從廈門開出，一年後抵達悉尼港，開創了中國勞工赴澳的先河。今天70萬華人在澳生活，也是這一歷史的延續吧，所以我一直有種瞭解廈門，感受廈門的渴望。

當我抵達廈門加入世界華文作家交流協會採風團後，即走出酒店，到附近的湖濱散步，其實是迫不及待想看看廈門的風貌。呼吸著瀰漫在空氣中的水氣，眼前總象蒙著一塊面紗。朦朧之中，也覺得廈門很美，到處綠樹繁花點輟，街道很新淨，樓房也很新淨，不像千年古城，倒像新開發的現代都市。

第二天一早，我們就乘輪渡到對面的鼓浪嶼。

鼓浪嶼近在眼前，但天際灰濛濛一片

廈門本身就是個離岸的大島，好幾條跨海大橋及海底隧道連接著岸區。而鼓浪嶼則是大島旁邊的小島。大小島之間海面不寬，大約相隔一公里之遙。船上望去，綠樹婆娑，隱約露出洋房別墅。島上一側伸出海面之處，聳立著一座巨大的石像。隨團導遊黃先生說，那是鄭成功雕像，有15.7米高，是按鄭成功本人的身高放大十倍來雕塑的。很難想像，這位親率二萬五千將士橫渡海峽令荷蘭守軍膽寒的民族英雄，個子竟比中等身材的我還矮了許多。據說自1985年建成此石像後，颱風每每拂過廈門，都沒留下什麼災害。不過，此時的鄭成功也似乎未能驅雲散霧，眼下早已雨過天晴，我很想看清不遠之處的石像，但灰灰濛濛的只有一個輪廓。

低頭看海面，那海水也是灰暗一片。聽得有人發問：怎麼廈門都有霧霾？船上一位年輕的女服務員當即回應：「廈門沒有霾，只有霧！」她說得斬釘截鐵，那一臉的自信、自豪，令人不容置疑。不過，我剛看過《穹頂之下》，知道十多年前，北京也發生過一場霧霾，當時人們都以為是濃霧，報紙還刊發新聞稱：北京出現大霧，首都機場航班嚴重延誤。而今天解密當時的氣象資料，清清楚楚表明，那確確實實是一場嚴重超標的重霾。眼下這位姑娘，是否也如當年那樣不知情呢？

上得島來，畫面明晰了許多。這個不到2平方公里的小島，自鴉片戰爭被英國人佔領後，成了公共租界，並設有13國領事館及教堂。如今，這些殖民色彩的建築經過翻修後，仍保留完好，加上南洋華僑興建的各式別墅，整個小島就像西洋建築博覽會。這時，太陽早已出來，身上感到暖融融的，地上也留下人的影子。我有意識舉頭望天，但還是看不見太陽，只有一片光亮的雲層鋪滿天際。真的是雲嗎？遙望對岸，一幢幢摩天大廈也披著薄紗，沒有陽光直射之下那種特有的耀眼光澤，遠處的大海也躲在薄霧之中，看不清海平線。

漫步林蔭小道，穿越橫街窄巷，我滿腦子還是關於霧與霾的糾纏。即便是經過「中國婦產科之母」林巧稚紀念園，或流連於那座收藏著從澳洲運來的70多架古老名琴的鋼琴博物館，我腦海裡仍跳不出那些朦朦朧朧的問號。也許我長期生活在澳洲，對空氣環境有一種敏感，忽然覺得，廈門好山好水，靚屋靚地，此時是否也正受著霧霾的光顧呢？

帶著這個疑惑，我們又來到集美的陳嘉庚陵墓。天仍是晴天，地仍有陽光影射，但太陽仍羞於見人，老躲在雲後難見其真容。不過，這也許挺適合陵墓那種莊嚴肅穆的氛圍。極盡哀榮的南洋富商陳嘉庚，不僅曾傾盡財物支援中國軍民抗戰，也曾慷慨解囊辦教育，今天的廈門大學，還有那個匯聚了十多所大學、中學、小學、專科學院及幼兒園的集美學村，都是他當年的大手筆。走出陵墓鰲園，就可以看到學村那一幢連一幢、恢宏渾厚的校舍，分外醒目。醒目在於它的氣勢，也在於它的格調。

我忽然悟到了什麼，因為這些校舍，都是中西合壁的建築風格。生長在南洋的陳嘉庚，鍾情於建築物的中西結合並不奇怪，但有意思的倒是其結合的方式。這些房子的主體是西式的，堅固的磚石外牆，寬敞的玻璃門窗，精細的雕刻花飾，充滿著古典主義風格，但屋頂卻迴然不同，是傳統的中式樓閣、綠瓦飛簷，形成了一種「穿西裝，戴斗笠」的陳嘉庚式建築風格。這種西式在下，中式在上的設計，顯然是強調了「東風壓倒西風」的理念，這也許是當年陳嘉庚對愛國精神的理解吧。有趣的是，在幾十年後的今天，我在廈門市區看到的那一片一片新樓宇，則是中式的水泥樓身，頂著一個華麗的歐式紅尖頂。這也是中國城市常見的建築新景觀。時移勢易，中西倒置，倘若陳嘉庚活到現在，真不知作何感想?!

集美學村校舍，體現陳嘉庚「穿西裝，戴斗笠」的建築風格

廈門新樓宇，頂著歐式屋頂

隨後的幾天，我們來到了閩西北的武夷山，卻明顯感到空氣不一樣了。湛藍的天空，碧綠的溪水，明媚的陽光，清新的空氣，跟澳洲的感覺無異。當我們攀登天遊峰時，右側削崖立壁，左側溪水蜿蜒；上看，挨著屁股攀爬的人流吊在半空，遠看，亞熱帶原生性林木錯落有致；陽光下，宛如一幅熠熠生輝的山水畫。明淨的環境，連空氣都充滿靈氣，難怪宋代理學家朱熹，也來武夷山廣設書院，講學授徒，著書立說，弘揚理學哩！

遊武夷山，最為愜意的莫過於九曲溪上乘竹筏。武夷山有三十六峰，九十九巖，九曲溪貫穿於峰巖幽谷之中，遇巖而轉，繞峰而行，盈盈一水，卻有三彎九曲，諸多變化。我們在天遊峰下的灘頭，分六人一組登筏，由兩位戴著斗笠的筏工一前一後用竹篙點水撐行。這一段應是九曲中的第六曲，也是最短的一曲，但景色卻為最佳。只見萬里晴空，奇峰相疊，溪水澄澈，倒影漣漪。兩岸有許多景致，也有許多傳說，但筏工解說要收費，我們這些文人，本來就充滿著想像力，何須解說呢，寧願自個兒觀山景、賞水色，沉醉於其中，冥思於其念。

漂過深潭，滑下淺灘，水花撲擊著竹筏。有猴群在懸崖上翻滾，有山鳥在竹林裡撲騰，一點都不受驚嚇，不避遊人，自個兒樂。我們往溪裡一撒飼料，魚兒就撲來爭食。我問筏工，在中國難得看到這般明澈的天空，這般光鮮的景致，武夷山可曾有過霧霾？

筏工答得很爽快，說道：「武夷山絕對沒有霾，因為沒有工業，汽車也很少，只有種茶和製茶手工作坊，連這溪水，也不能丟垃圾。你們遊客可以買專用飼料餵魚，但不能扔塑料

武夷山天空湛藍，九曲溪碧綠澄澈

袋、飲料盒之類的東西，也不能撿溪邊的石頭，保持所有原生態。」

我說，這石頭很普通，不值錢呀！他說，你們遊客來，不就是看這山這水，要買門票、船票，每天來多少人，這不都是錢嗎？石頭就擱在這裡，讓你來買票看，你說值不值錢？

有道理，我們歡樂的笑聲在水面飄過，在山間迴盪。

武夷山沒有空氣污染，全得益於種茶。武夷山為福建「第一名山」，也是沾巖茶之名氣。這裡有朝廷御製的貢茶，也有英女王喜愛的老樅水仙茶，而全市20多萬人口，幾乎家家與茶有關。在街上行走，滿目皆是茶店，且名堂五花八門，什麼茶莊、茶苑、茶吧、茶行、茶廠……眼花繚亂，不知該進哪一家。我們進過幾家品茶，都是金駿眉、老樅、大紅袍、鐵觀音之類的烏龍茶。茶商都說是自家種、自家製、自家銷的新茶。燙杯，一泡、二泡、三泡，啜入嘴裡滾滾，咂咂香味。我不懂茶，有茶商說，500元一斤的就是好茶了，1000元的就是精品。也有茶商說，茶的定價無標準，很主觀，關鍵是你的口感好就行了。金駿眉採製自茶樹最新最嫩的葉尖，清香甘口，價錢較大紅袍貴。但對於我來說，還是大紅袍的口感較合適，香味濃鬱甜滑。而大紅袍，也正是武夷山標誌性的品牌。所以大紅袍茶樹，大家都嚷著非看不可。

「其實，真正的大紅袍，你們是喝不上的。」什麼？經導遊小于一說，大家都有點愣了。「真正的大紅袍樹，世上僅存3大株3小株，每年也只能採製8兩茶葉，僅進貢中南海，招待貴賓，而且現在也已停止採製了。所以，你們現在喝的大紅袍，其實是它嫁接衍生的第二代、第三代。」大家恍然，略有遺憾。

山巖上的這幾株大紅袍母樹，已有三百多年歷史

在九龍窠的山巖前，我們看到了經歷三百多年風拂雨沐、碩果僅存的6株原生母樹大紅袍。它比我想像的矮小、雜亂，也有點老態龍鍾，孤零零地伸展於半山腰的峭壁巖縫中。這種巖茶，靠岩石撐托，靠巖水滋潤，因而風味獨特。而有關大紅袍的各種古今傳說也多多。最令導遊們津津樂道的，是1972年尼克森訪華，毛澤東贈送他4兩產自於母株的大紅袍。尼克森不知這茶的珍貴，私下抱怨毛澤東小器。周恩來得知後即對尼克森解釋：「主席已將『半壁江山』奉送了。」尼克森聞之受寵若驚，肅然起敬。為這幾株雖不起眼但極其珍貴的母樹，曾專門有武警每天守衛，不過現已改為天黑封山，並為母樹投保一億元，真是名副其實的「名貴」了。

從武夷山返廈門，又回到了先前那種「朦朧美」。廈門4月天，陰多雲重也是常理。雖難見藍天，幸好呼吸無障礙，我不再奢求與太陽親密接觸，早已被城市的花園美景、繁華街市所吸引。

在中山路步行街遊逛，我感受著店鋪林立，行人熙攘的氣場。街上有家沐足小店，大大的廣告牌寫著：沐足、按摩、修甲，40元/50分鐘。哇，比起澳洲，真夠便宜。我反正走累了，正好放鬆，便折入店內。一位女子端來了一個散發著蒸汽的木盆，我看她不像本地人，隨口問道：「小姐，你是哪裡人？」女子淡淡一笑，說：「我們這裡沒有小姐，只有技師。」嘿，我真是個澳憨，忙說聲抱歉。她並不介意，手裡忙著，嘴裡也聊著。原來她是個川妹子，先到溫州打工，再來廈門覓食。我問，感覺溫州好還是廈門好？她不假思索道：當然廈門啦，又

下梅古鎮，是清代武夷山茶葉集散地，是中國通往西域的萬里茶道起點

美又舒服。她還說，工餘時，喜歡花一塊錢，乘公交車到處走到處看。不難看出，她是發自內心的喜歡。

有許多廈門人走了出本土，成為海內外名人。且不說古代，只說今人，除提及的陳嘉庚、林巧稚外，還可以開出一大串名單：殷承宗、陳佐湟、舒婷、郭躍華、汪國真等等。而一些名人，也在廈門留下過蹤跡，如鄭成功、林語堂等。在當下，則有更多的外地人，紛紛湧入廈門尋找機會。在去機場的出租車上，我聽司機口音，也是外地人。他說，廈門是個移民城市呀，現在外來人比本地人還多呢！

我問：依你看，這朦朧的天氣，是霧還是霾？

他嘻嘻一笑，說：「肯定有霧也有霾。廈門雖然只有輕工業，但人口已近400萬，島內人口密度比香港和新加坡還要高，汽車密度也比中國許多大都市高。你說，這麼多人，這麼多車，中國的用油標準又那麼低，廢氣排放量大，哪能沒霾？」

是啊，日有陰晴，月有圓缺，經濟發展與城市宜居，或許一時兩難全。我絕對相信，廈門有藍天，而且也會是常態，但這幾天確實不走運，我無法見藍。我很喜歡武夷山天高氣爽的艷麗，但對廈門的「朦朧美」也能理解，更有一種期待。

下梅古鎮的清代民居。這個門是挑選媳婦時量身材，觀其是否適合生育

高關中

高關中，1950年生，80年代移居德國，現住德國漢堡。世界華文作家交流協會秘書處公關，歐華作協理事，中歐跨文化交流協會理事，文心社理事。德國華文報紙《歐洲新報》，《歐華導報》，德國《華商報》和《德華世界報》特約記者。

高關中喜愛旅行，多年來筆耕不輟，問世著述約500萬字。作品以列國風土、遊記、人物傳記、西方文化介紹，新聞報道，散文雜文隨筆為主。在大陸和臺灣出書20本，其中包括世界風土大觀一套11本（美英法德意日加俄澳和臺灣。美國分美東、美西兩本）。此外還為印度、日本、埃及、南非、澳大利亞、新西蘭、加拿大、英國、德國、法國、意大利、北歐、希臘、西葡等15本地圖冊撰寫了文字說明。新近在臺灣出版《寫在旅居歐洲時——三十位歐華作家的生命歷程》。

采風廈門鼓浪嶼

2015年4月，我們世界華文作家交流協會的16位作家應邀參加了廈門武夷山采風之旅。來到廈門第一天，采風團就受到這次文學活動邀請和贊助者、廈門市銀城佳園房地產開發有限公司和廈門市福瑩貿易有限公司董事長黃添福先生的熱情接待。他還專門安排了一位資深導遊全程陪伴我們。這位導遊名叫黃奕贊，廈門同安人，近60歲了，從1978年開始從事導遊工作，可以說是大陸改革開放以來培養成長的第一批導遊之一，頭腦裡裝滿了有關廈門歷史文化的知識掌故。說起各地的風景名勝，娓娓道來，如數家珍，讓我們受益匪淺。

廈門建設日新月異

黃導告訴我們廈門與金門隔海相望，地處連接閩台的要津。是我國第一批開闢的四個經濟特區之一，現為副省級城市，計劃單列市，比福建省會福州（地級市）的級別還高呢！全市總面積1500多平方公里，人口近170萬，下轄思明、湖裡、海滄、集美、同安、翔安6個區；其中核心市區為廈門島，包括思明和湖裡兩個區，通過好幾座跨海大橋與大陸相連接。2010

年通車的翔安隧道，全長6公里有餘，是中國大陸第一條海底隧道，為廈門連接大陸增添了新的交通途徑。我們曾乘大巴穿越這條海底隧道去翔安新圩鎮和同安影視城采風。

廈門交通很方便。鷹廈鐵路直抵廈門市區火車站。滬深高鐵則在廈門北站（集美區）停靠。好幾位文友是坐高鐵來的，從廈門北站到市內廈門火車站之間辟有快速公交系統（BRT）。BRT即英語Bus Rapid Transit的縮寫，是一種以公交車為基礎而發展的大眾運輸系統。採用公交車專用道，既有輕軌的容量、速度，又具有公交車系統的低成本，因為不需要鐵軌造價低，被喻為「地面上的地鐵」。這樣的BRT系統1974年在巴西庫里奇巴（Curitiba）創建，我在哥倫比亞首都波哥大和厄瓜多爾首都基多乘坐過，在中國還不多見，而廈門已經開通了3條，成為市內交通的生力軍。目前廈門也已動工興建地鐵，預計兩年後將開通第一條。更多的文友是乘飛機來的，廈門高崎國際機場距市中心10公里，每年上下乘客超過2000萬人，國際航線可通往歐洲、東南亞、日韓等國家和地區。

廈門港是沿海有數的大港，對台航運的主要口岸。新建的東渡碼頭在我們下榻的福佑大酒店附近，開闢有廈金航線（33公里），遊客去鼓浪嶼也在此登船。

海上花園鼓浪嶼

我們采風的第一站是鼓浪嶼，廈門市的一個小島。廈門島面積只有132.5平方公里，也就是長寬均為十幾公里的島嶼，已經夠小了。可它的西南側海上，還有一個更小的島，這就是鼓浪嶼。廈門主島與鼓浪嶼之間隔著600米寬的海峽，以輪渡相通。鼓浪嶼面積僅1.84平方公里，長約1.8公里，寬約1公里，居民只有兩萬多人。可鼓浪嶼卻是廈門的精華所在、旅遊的熱點，每天上島遊覽的觀光客成千上萬。

4月12日我們來到廈門島新建的東渡碼頭。過去輪渡在市內太擁擠，如今遊客分流，必須在東渡登船，前往鼓浪嶼。我們登上甲板，向鼓浪嶼望去。真是一座美麗的小島，只見各種建築掩映于碧樹紅花之中。那座圓穹窿的紅屋頂建築高聳於山巔，最為醒目，俗稱八卦樓，如今是廈門博物館的所在，堪稱鼓浪嶼的一大地標。各式各樣的別墅則星羅棋佈，或規模宏大，或小巧玲瓏，有的散落在山坡，有的矗立於海邊，將鼓浪嶼點綴得美不勝收。難怪人稱「海上花園」。鼓浪嶼有三個碼頭（內厝澳、三丘田和老輪渡碼頭）。我們的渡輪在三丘田碼頭靠岸。這座碼頭附近坐落著與新加坡合作開發的海底世界，設有中國目前展出魚類最齊全、數量最多的水族館，展出350多種近萬尾珍貴魚類，以及企鵝館、海豚館等，成為吸引遊人的一處樂園。

鼓浪嶼相傳因島西南有一岩洞，漲潮時浪濤撞擊，發出如鼓浪聲而得名。島上氣候宜人，空氣清新，花木繁茂，特別是大榕樹，樹冠下能為百十人遮蔭。由於禁止機動車，只允許少量觀光電瓶車通行，因而島上無車馬喧囂，處處給人一種整潔恬靜的感覺。小島完好地保留著許多18世紀歐美式建築物，又有「萬國建築博覽會」之稱。

鼓浪嶼多洋式建築與歷史有關。鴉片戰爭後，廈門成為五處通商口岸之一，西方影響傳入，鼓浪嶼像上海的外灘一樣被劃為租界，最多時有十幾個國家在此設立領事館，如英、美、日等，我們則見到了德國領事館（1870-1918），如今辟為手工茶餅坊和婚紗攝影公館。那個時代，也有不少富裕的華人在此島建造豪宅園林。由於這一歷史原因，鼓浪嶼成為中西文化薈萃的地方，中外風格各異的建築物在此地完好地彙集和保存下來，如今成了著名的風景區、旅遊區。

菽莊花園藏海補山

我們重點遊覽了菽莊花園，據介紹，菽莊花園為臺灣愛國士紳林爾嘉所建，占地面積2萬多平方米。林爾嘉，字叔臧（菽莊為其諧音），祖籍福建龍溪，其先祖於清乾隆年間赴臺灣淡水墾殖，富甲一方。甲午戰爭後，日本侵佔臺灣，林氏家族舉族內遷，定居鼓浪嶼。1913年林爾嘉懷念故鄉，仿其臺北板橋花園，建成此園。兩處林家花園異曲同工，把閩台兩地緊密地聯繫起來。菽莊花園巧用山坡、海灣和沙灘岩礁等自然環境，以「藏海」、「補山」兩大主題展示園林景觀。1956年林家後人將此園捐獻給國家。

菽莊花園建有環形圍牆，將全景圍住，題為「藏海園」。其中四十四橋，是全園主景，因主人建橋時四十四歲而得名。此橋下有閘門，把海水引入園內，構成了大海、外池、內池三處，把大海藏進去。由於橋身迂迴曲折，凌波臥海，宛如游龍。橋上布置觀魚台，渡月亭，千波亭等景致。渡月亭有楹聯：「長橋支海三千丈，明月浮空十二欄」。據說明月之夜，遊此最佳，坐在亭裡，看皓月當空，靜影沉璧，月下濤聲，輕如細語，令人浮想聯翩。而每逢漲潮海水漫過橋面時。橋畔亭台閣榭宛如浮於海上，別有意趣。

從濱海山莊拾級而上，就是「補山園」了。園中山景「十二洞天」，多採用棕赤色的岩石疊砌而成，據說其中部分石料是從附近島上及臺灣火燒島採集而來的。

日光岩與鄭成功

雖然我們無緣賞月，卻觀看到園西的海濱浴場，眺望到遠處的日光岩。黃導告訴我們，日光岩是鼓浪嶼的最高峰，海拔93米，號稱「百米高臺」。明末清初，民族英雄鄭成功在此屯兵，操練水師，如今仍然保留著水操台遺址，現在日光岩下辟有鄭成功紀念館。

說到鄭成功，島上還有一處紀念地，叫皓月園，是一處新辟的園林。「皓月」一詞取自鄭成功的詩句「思君寢不寐，皓月透素幃」、「皎皎明月光，烈耿銀河涼」，寓意民族英雄鄭成功赤手擎天，動猷壯烈，光耀如同日月。皓月園內的覆鼎岩上，1985年落成一尊巨大的鄭成功石雕像。雕像高15.7米，重1617噸，由23層、625塊「泉州石」花崗岩精雕組合而成。鄭成功身穿盔甲，背飄披風，左手按劍，右手叉腰，東向而立，神威蓋世。相傳1661年，鄭成功揮師東征收復臺灣。臨行，令士兵「拆除軍灶，掀鍋鼎於海中」，以示不逐荷夷，誓不回師的壯志，覆鼎岩即得名於此。在覆鼎岩豎立起鄭成功塑像，令人更加敬仰民族英雄從外虜手中收復臺灣的歷史功績。如今皓月雄風已成廈門一景，文友們紛紛在此攝影留念。

優越環境　人才輩出

在菽莊花園，我們還參觀了鋼琴博物館，這裡展示著旅居澳大利亞的收藏家胡友義先生收藏的30台鋼琴。他生於鼓浪嶼，從小在悠揚的琴聲中長大，與鋼琴結下不解之緣。在澳洲，胡友義不惜重金收購古鋼琴，1999年，他懷著愛國愛鄉之心，千辛萬苦，遠涉重洋，將這些鋼琴運回故鄉，開闢鋼琴博物館，從一個側面展示世界鋼琴藝術及製造技術百餘年的發展歷史。他感人的事蹟令人油然而生敬意。

順便說一下，鼓浪嶼音樂史源遠流長，當年傳教士在教堂舉行活動，總伴有琴聲和唱詩班，學習西洋音樂也在學校裡蔚然成風，形成音樂的沃土，鋼琴密度居全國之冠。從鼓浪嶼走出不少世界一流的鋼琴家，如周淑安還是中國第一位女指揮家，在《中國大百科全書・音樂舞蹈卷》有專條介紹。她1895年出生，在哈佛大學攻讀音樂理論，曾任中國音樂家協會副主席。文革期間，受到迫害，於1974年含冤去世。著名鋼琴家殷承宗也出生在此地，9歲就舉辦個人獨奏會，曾在莫斯科柴可夫斯基國際比賽中獲獎。因此鼓浪嶼享有「鋼琴之島」、「音樂之鄉」等美譽。島上新建有鼓浪嶼音樂廳，是音樂藝術的高雅殿堂。

高關中、張奧列

此外，由於近代教育早在19世紀就在鼓浪嶼開辦，這裡人才輩出，如體育教育先驅馬約翰（立有塑像）、著名婦產科大夫林巧稚（她沒有兒女，卻接生了5萬名嬰兒，可謂「萬嬰之母」，名勝毓園即為紀念林巧稚而建）等就是其中的佼佼者。文學大師林語堂生於漳州，卻在鼓浪嶼讀完中小學，並在此地的一座教堂舉行了婚禮，島上現存林語堂故居。鼓浪嶼的美術氣氛也很濃厚，許多畫家在此作畫，其中不乏高水平的名家。究其原因，正是由於鼓浪嶼兼受中西文化的薰陶，得風氣之先，人們眼界開闊，造就了人才成長的有利環境。

黃添福

——海歸華僑創業之星

2015年4月，我們世界華文作家交流協會的16位作家應邀參加了廈門武夷山采風之旅。來到廈門第一天，采風團就受到這次文學活動邀請和贊助者黃添福先生的熱情接待。黃添福先生是廈門市銀城佳園房地產開發有限公司和廈門市福瑩貿易有限公司的董事長，手下有幾千員工。經營這麼大的事業，卻平易近人，絲毫沒有架子，與我們談笑風生。進一步接觸才知道，黃添福先生竟是海歸的德國華僑，靠著艱苦拼搏建立起一番大事業。而又回饋社會，積極支持海內外華文文學活動，是一位真正的儒商。我常為德華媒體撰稿，這樣一位僑胞精英自然成為我關注採訪的對象。

出身大夫第的貧農家庭

在為期一周的采風期間，我們來到了廈門翔安區（舊屬同安縣）新圩鎮古宅村。這裡是黃添福先生的家鄉。一棟古老斑駁的紅磚民居記錄了黃家曾經的輝煌史。

滿清末代時、黃添福先生的曾祖父黃希鱉先生下南洋創業，他在安南堤岸（今越南胡志明市）華埠經營大米、蔗糖、白布貿易和漁港，成為當地有名的富豪，被法國政府授予「法屬第一商家」匾額的殊榮（當時越南為法國殖民地），還被清朝官府冊封為大夫。黃希鰲先生榮貴故里，回家鄉建了一棟千餘平方米的四合院；這座深深庭院為三落雙護厝，擁有39間房，命名為「大夫第」，至今門楣上還保留著「大夫第」這三個鎏金大字，在貧困農村成為百年來新圩鎮的一則傳奇。

黃希鰲先生樂善好施，鋪橋造路助人無數，恩澤遍布桑梓。可惜他英年早逝，家族生意日漸衰落，隨著歲月奔流人事變遷，時局的動盪，七房兒孫分散在海內外，失去了聯繫。留在福建的黃家漸漸沒落，倒也因禍得福，在土改時被劃為「貧農」，黃添福先生父親黃加自戶口欄上，家庭成分就赫然寫著「貧農」兩個字。在那以階級鬥爭為綱的年代，避免了被鬥爭清算的命運。而「大夫第」已被風霜摧殘破敗，成了後人追憶的話題。

自此，黃家人在那特殊的紅色年代，過著普通貧農的生活，逐漸淡忘了曾經顯赫的家世。1955年2月，黃添福先生就出生在這座破落的山村古宅。

我們參觀了這座「大夫第」，它雖經歲月剝蝕仍留下精細的雕刻，繪畫瓷貼極具匠工，令人想起昔日的榮耀。

在德國淘第一桶金

1972年，17歲的黃添福到新圩人民公社當通訊員，走上公務員的道路。貧農出身的他自然是政府栽培的重要對象。青年得志但對從政不感興趣的黃添福，骨子裡卻流淌著祖先經商的血液，當了五年共青團幹部後，成功轉去同安縣外貿公司搞貿易。他的轉業成為鄉人大惑不解的議論話題，想不通有大好政治本錢的人為何放棄？

改革開放的大潮衝擊著全國，也在年輕的黃添福心中泛起了漣漪，令婚後未久的黃添福在人生旅途上再面臨決擇。1986年，敢於接受挑戰的他，再次放棄被鄉人羨慕的同安縣外貿鐵飯碗工作。借錢擔保自費留學，攜帶家眷，飛往歐洲，來到德國求學。

在德國黃添福起先在不來梅附近，後轉到波恩一帶，一邊學習日耳曼語言文學，一邊開始打工生涯。那幾年是黃添福伉儷最艱難的時期，他們同時頂著好幾份工作，端過盤子，洗過碗筷，開過小餐館。黃添福苦幹數年，自律甚嚴，他是位不煙不酒不賭的勤奮之人；甘苦與共的夫人陳藝瑩在德國再誕下千金，帶著兩個女兒在西方生活。黃添福積攢下幾萬馬克，這人生的第一桶金，每一分錢都是他們伉儷兢兢業業的心血結晶。也就是在這段艱苦的歲月，他們養成了克勤克儉、吃苦耐勞、愛拼敢贏的閩商傳統美德；同時學到了德國人認真準時精確的工作習慣，受到了歐洲文化的薰陶，開闊了面向世界的眼界。

願當海歸創新業

自此，黃添福一家在德國過上衣食無憂的小康生活，但這樣最終無非成為餐飲業東主，而女兒可能會淪為黃皮香蕉。此種人生並非他所想要得到，他還有鴻鵠之志，要展翅高飛，取得更大的發展。躊躇思量後，1992年帶著幾萬馬克與妻女返鄉。這一決定再次成為鄉人百思難明的話題，多少人朝思暮想都是往國外去，而有如此好機會的人卻在短短幾年間做了「海歸」先鋒！

黃添福回鄉後將帶回國的資金，共折合20萬人民幣，投資開設中藥店，很快就已致富，20萬實在是最豐厚的第一桶金啊。有了資本加上頭腦靈活，專門買賣洋參、老山參等貴重中藥。在創業摸索過程中，黃添福先後在家鄉開設茶館、龍眼園、超市、停車場、娛樂廳、養鹿場、酒樓及墓園等多種事業。

1993年，黃添福伉儷在同安創辦了廈門興銀實業有限公司等商貿企業。回鄉七年後也就是1999年、機緣巧合地投身房地產開發，在同安開發「銀福佳園」舊城改造項目，成功開發了新三秀街的商住樓項目，建築面積達六萬餘平方米的高樓公寓，拉開同安舊城改造的序幕；三年後走出同安，到廈門投資，成立廈門福園房地產公司，在廈門島內黃金地段建了3萬餘平方米的「福園公寓」，建成後一家人也遷至這棟十八層高、在十六層中為自已築了三層「躍層」美輪美奐的家居。

2005年，福園房地產跨出廈門，與廈門銀鷺集團聯手，北上安徽、河南等地發展。到安徽淮南合作成立「銀鷺房地產開發公司」，開發了「銀鷺萬樹城」項目，總建築面積80萬平方米、八千套單位的樓宇。造福了當地人民，因而這位黃總經理獲得安徽省長的接見與表揚。

2009年黃添福轉去河南安陽，成立了「安陽祥和房地產開發有限公司」，三年內建築了27棟高樓、共35萬平方米約2500

個住宅單位。與此同時在離鄭州不遠的新鄉市區內拆遷七百餘家破落戶，改建新商場及住宅單位，大大改變了新鄉市的市容，難怪該市市長及其他領導對這位來自廈門翔安區（原同安縣一部分）新圩的開發商人熱情歡迎。

迄今黃添福先生已運作成功數以百萬平方米的大型房項目，掀開了創業的新篇章。他參與家鄉建設這些年來，黃添福先生投資興辦的企業累計納稅額已超過5000萬元人民幣，解決了一大批農村富餘勞力的就業問題，帶動了許許多多鄉親走上致富路。

鑒於黃添福伉儷的貢獻，各級政府給了他們很高的榮譽。廈門市授予黃添福榮譽市民稱號。他還擔任同安區僑聯顧問、翔安區商會副會長。其夫人陳藝瑩現為翔安區僑聯副主席、政協常委。

熱心公益　贊助文化

成功的人擁有財富絕不稀奇，但一位有了財富而受社會各界推崇及尊敬的人並不多見；因而才有「為富不仁」的說法。可像黃添福先生這位備受員工、鄉親及家人一致讚揚的人實不多見。我們所到之處每提起黃總，人們莫不異口同聲對他大加讚揚；被其人格、道德及品行魅力所感動。

在黃添福先生接見作家采風團和在古宅村參觀期間，我們抓緊時間對黃添福先生進行了採訪。與向來低調不受訪問的黃添福進行訪談，深入瞭解他的為人及成功之道。聽他娓娓道來，親切感油然而生。這位和藹可親、平易待人的黃總，是極重鄉情者；對後輩及同仁皆視如親友，在同安、廈門等辦公室也是儘量選用鄉人，帶領大家共同致富。

事親至孝的黃添福，聽了八十高齡的父親一句話，要重建祖厝。2008年在家鄉古宅村，其曾祖父百餘年前所建的「大夫第」左旁，黃添福建起了歐式住宅「福園」。這座三層高共有十間臥房六個浴室廁所，前後圍牆，種滿花草及魚池的大別墅，落成後即轟動了同安、翔安區一帶各村鎮，前往拍照及觀賞者絡繹不絕。

百餘年前「大夫第」的建成，曾引起新圩一帶乃至同安縣的轟動，如今氣派宏偉並富於歐派風格的巨宅「福園」屹立，更受到了鄉親鄰里和建築界文化界的讚揚。這次采風期間，我們參觀了這包含歷史滄桑和現代風貌的兩座宅院，感受到時代的變遷和改革開放帶來的活力。

歷經百餘年時光，黃希鱉公的第四代孫黃添福先生已經重振家聲，揚名海內外。難能可貴的是，他還廣做善事。在參觀這座宅居時，發現了捐給古宅小學、新圩中學等學校（前後捐款百余萬元），以及養老院等機構的各類鳴謝狀及各公職如商會副會長、監事長等等證書。最近改建祖祠捐款15萬元，他是最多的一筆。還有其他許多鮮為人知的善舉，都在默默地積聚著功德。

事業有成卻依然過著勤儉日子的黃添福伉儷，桑梓情深，對家鄉的公益事業投入卻毫不吝嗇。粗略統計，近幾年來捐款捐物已超過200萬元人民幣以上。他特別注重和支持文化教育事業。為母校、家鄉的古宅小學捐款資助貧困生入學，添置體育、音樂、美術等教學設備，購置錄像機等，為當年古宅小學順利通過省級農村示範學校奠定了物質基礎。從2005年起黃添福夫婦每年捐出人民幣20餘萬元，為來自古宅村和附近村莊的幼兒、小學生提供免費入園、入學的待遇，此舉堪稱廈門全市的首例。多年來，每逢六一兒童節，黃添福夫婦都捐出2萬元，給古宅小學的孩子們購買禮品、發放獎學金等。黃氏伉儷還先後資助了多位家庭經濟困難鄉親的子女到大學就讀，圓了這些山區學子的大學夢。

黃添福先生熱愛文學，擔任世界華文作家交流協會的顧問，這次來自澳大利亞、新加坡、馬來西亞、德國、美國、香港和中國大陸等四大洲7個國家和地區16位海內外作家到廈門采風一週，就是黃添福先生邀請招待。

黃添福業餘愛看書報和電視，好品茶，幾乎是無茶不歡；熱愛工作，計劃到七十歲才退休。對錢財並不太重視的這位富豪，從沒有因為錢財與合伴人爭執。他說財富到了一定程度，無非是數字遊戲。要追求的是造福社會及企業家的成就感，在中國改革大潮中做點小小貢獻。

黃添福董事長與高關中攝於福園前

✤ 楊菊清

楊菊清，農學博士，研究員（教授）職稱，1964年10月生於湖南省甯鄉縣；1972年隨家遷往新疆，定居在伊犁特克斯縣。1982年7月畢業于新疆伊犁畜牧獸醫學校，現在伊犁職業技術學院任教。

自投身畜牧業以來，長期從事綿羊的科研、育種、生產與教學工作。曾在中國細毛羊的發祥地、國家級原種場——新疆鞏乃斯種羊場工作二十年。先後參加了多個國家、自治區科研項目與課題的研究，發表各類畜牧科技文章60篇，多次獲得國家、自治區的表彰和獎勵。

上世紀九十年代起，師從澳大利亞著名作家黄玉液（心水）先生，開始從事業餘文學寫作，作品包括散文、古典詩詞、隨筆和雜文等。散文《父情・母信》獲得2004年全國「孟郊杯・慈母心遊子情」散文大賽徵文優秀獎。

廈門說羊

古時「羊」與「祥」是相通的，故許慎《說文解字》云：「羊，祥也」，而且代表著吉祥、善良和美好的「美」、「善」、「義「、「養」等字的本義也都與「羊」有關，如「羊大為美」、「羊言為善」、「羊我為義」、「羊食為養」等等！欣逢「羊年」，能有幸參加世界華交流協會組織的閩南文化采風團活動，何其祥哉！采風期間，在飽餐廈門秀色的同時，對廈門的養羊現狀及羊肉在當地飲食文化中的地位也進行了考察。

一

廈門靠海，屬亞熱帶氣候，溫和多雨，夏無酷暑，冬無嚴寒，一些地方為丘陵地帶，自然生態條件非常適宜養殖山羊；2014年末，全市羊的存欄量為4800隻，其中同安1000隻、集美1500隻、海滄1200隻、翔安400隻、島內700隻。但廈門地理位置特殊，難以形成規模養殖，加之在環境整治與水源保護等方面的考慮，原有的一些規模羊場開始逐漸搬往周邊城市或鄰省，只剩少數當地失地、失漁居民利用田邊地頭的雜草在進行零星養殖。

然而，廈門人偏偏又愛吃羊肉，市場的年需求達到十萬隻活羊，靠廈門本土的養殖能力自然無法滿足，占95%以上的羊肉只能從周邊城市及北方地區引進，而且其中的九成羊肉是冷鮮羊肉。所以，每天都有來自山東、山西、青海、內蒙古等地當天屠宰的新鮮羊肉空運供應廈門市場，在農貿市場裡羊腿、羊排、羊肋排乃至羊鞭、羊寶等各式羊肉產品應有盡有，甚至還有專供穆斯林食用的新鮮羊肉批發。

農貿市場與超市里的眾多肉類中，都以羊肉的價格最高，來自外地的凍羊肉通常在70元／公斤、新鮮羊肉為90元／公斤，本地黑山羊肉則可賣到100-120元／公斤。據超市老闆介紹「遇到節日，市民對羊肉的需要量會加大，價格也會上漲」；由此可見，羊肉已成為廈門人的新寵，在當地消費者心目中開始佔據高位。

深受廈門人青睞的山羊（廈門集美仙靈旗養殖基地）

二

閩南菜隸屬於八大菜式裡的閩菜系，具有清淡、典雅、海洋性的特點。今天，羊肉已逐步深入閩南菜系，成為閩南飲食文化中的一個新元素並受到歡迎。深諳中國歷史文化精華的廈門人，把閩南菜中的炸、炒、煮、燉、燜、煎、滷、淋、蒸等多樣的烹調技法應用於羊肉菜式上，並做了許多開拓性與創新性的探索。頻繁地使用福州紅糟、桂枝、當歸、熟地、川弓、枸杞、八角、桂皮、花椒、草果、陳年加飯酒、料酒甚至啤酒等五花八門的調料，開發出具有閩南特色風味的羊肉串、烤全羊、烤羊排、羊肉爐、魚羊鮮、燜羊肉、羊肉煲等各類招牌菜品，讓廈門人大飽口福，大呼過癮。

不同北方人吃羊肉習慣的是，廈門人與其他南方人一樣喜歡吃帶皮的羊肉，甚至連羊肋排也是連皮的，在北方人看來就很「異類」了。究其原因，我認為主要是源於南方人側重食療與食補的緣故。《食療本草》認為，羊皮「味甘；性溫」；《食療本草》記載羊皮：「去毛，煮羹：補虛勞。煮作臛食之，去一切風，治肺中虛風」。從現代科學角度看，羊皮中富含有豐富膠原蛋白（Collagen）及球蛋白（Globulin）等營養物質，而膠原蛋白是人體的一種非常重要的蛋白質，主要存在於結締組織中，具有很強的伸張能力，是韌帶、肌鍵和細胞外基質的主要成份。由於羊皮膠原蛋白可以補充皮膚各層所需的營養，增強皮膚中膠原的活性，有滋潤皮膚，美容、消皺、養發等功效，是所謂的「吃得起的頂級抗衰老食物」，而受到婦女們的追捧。這樣，南方殺羊時喜歡採用燙毛方式就可以理解了。

有趣的是，在同安影視城看到的滿漢全席「樣菜」中有一道叫「烤羊腿」的大菜，烤羊腿上覆蓋著厚厚的肉皮，形象十分逼真，這種做法顯然是廈門人根據自己的理解與喜好製作的一道閩南特色菜，與傳統滿漢全席上的「烤羊腿」是大相徑庭的。

在我國廣大的北方地區，殺羊通常是採用「剝皮」的方式進行，因為帶毛的皮張可以用來製作褥子、皮衣、手套、皮帽等禦寒生活用品；滿族的先人生活在黑龍江、烏蘇里江、松花江等流域，以採獵和養畜為主，這些地區均屬苦寒之地，羊皮的禦寒價值遠高於食用價值；再者，帶羊皮的肉燒烤時易散發令人不愉快的焦皮糊味且不易烤透，所以，北方的「烤羊腿」一定是不帶皮的。

《本草綱目》云：「羊肉能暖中補虛，補中益氣，開胃健身，益腎氣，養膽明目，治虛勞寒冷，五勞七傷」。羊肉既能禦風寒又可補身體，對一切虛狀均有治療和補益效果，最適宜於冬季食用，又被稱為冬令補品。故與北方人吃羊肉的另一個不同點是，廈門人吃羊肉是以「身體進補」為主、「大快朵頤」為其次；每到中秋之後，進入進補時節，廈門的羊肉市場開始活躍，羊肉最受青睞，羊肉價格開始看漲，特別是春節期間，更是供不應求。「買些羊肉回去『進補』，已成為富裕廈門人的一種新享受」，一名賣羊肉的男攤主對我如此說。

三

此前，對廈門人愛吃羊肉雖有所聞，親臨其境後這種認識更加深刻了。由於市場上對羊肉的需求量很大，一些不法商家就開始做小動作了，羊肉及製品「摻假作偽」的報導時有所聞。

早在2010年，有些商場就做起了「掛羊頭」賣豬肉的勾當，將豬肉摻雜在「羔羊肉卷」裡賣，變成了行業的「潛規則」，連商家自己都承認。2013年，又時興起假「羊肉火鍋」，用羊肉和鴨肉混合壓制的「混合肉」涮火鍋，一般人哪能難分辨出來？所以，時常有消費者抱怨：「現在羊肉沒有膻味啦」，羊肉中曾經令人討厭的羊膻怪味，也成了可憐的消費者的一種美好回憶。受到假羊肉事件影響，廈門很多餐飲店對外地冷凍羊肉失去了信心，轉而購買本地產的新鮮羊肉，廈門地產羊肉一時間又成了搶手貨，價格猛漲，這種現象持續到現在。

那麼，廈門人怎樣才能吃上品質上乘的好羊肉呢？筆者的三招可供廈門同業人士參考：其一是在種植區域發展全舍飼模式養羊，可選擇適合於南方養殖的多胎、高產品種如湖羊、小尾寒羊，羊糞尿可以肥田，沒有環境污染；而且廈門有40萬畝的耕地，發展秸稈養殖業前景廣闊，農作物秸稈通過羊腹實現生物轉化變成羊肉，人、羊與環境皆大歡喜；其二是發展現代營銷管道，在優勢區域建設和完善批發市場，設立連鎖經營配送服務中心，充分發揮各類仲介組織在優質安全羊肉產品經營中的作用，同時擴大羊肉購進管道，重點從新疆等西北五省、區的草原放牧區組織羊肉產品，配套建立優質安全羊肉產品銷售專櫃和標識制度；其三是加強羊肉市場的監管，要求商家珍惜名聲，恪守商業道德，取財有道的同期，提高消費者的自我保護意識，發現假羊肉後堅決舉報，形成齊抓共管的風氣，不讓無良商家得售其奸。

果真能如上所言，羊肉原料的品質得到保障，那麼，閩南菜中特色羊肉菜品的品質將得到大幅提高，廈門人幸福吉祥的生活將因「羊」而更上一層樓。

2015年5月18日

廈門鄉村行

按照世華交流協會秘書組的安排，4月13日，在團長黃玉液（心水）會長和名譽團長黃添福董事長的帶領下，采風團一行前往位於翔安區新墟鄉間參觀著名的「大夫第」和「福園」，在領略了「古宅」的宏偉與「福園」的氣派之後，采風團又馬不停蹄地前往馬塘村的銀鷺集團總部采風；下午16時，在同安影城與采風團全體成員依依惜別後，心水會長親自把我送到景點外的路口，然後獨自搭車前往集美區灌口鎮田頭村，與仙靈旗養殖基地陳水強董事長會面並繼續我的專業考察。

在短短的一天時間裡，我涉足並遊覽了新圩、馬巷、後埔、馬塘和田頭、坑內、上塘等八個村鎮，行程緊迫，走馬觀花！即便如此，仍使來自天山深處的我，見識了廈門鄉村的美麗、富足與發展，同時，也深切地感受了邊陲新疆與發達地區在農村基礎設施及文化建設方面存在的巨大差距。

在廈門鄉村，幾乎所有新建的民房都朝「別墅化」方向發展，所以，每到一處都可見到鱗次櫛比的樓房和漂亮的圍牆小院，許多農民的新樓房為了勞作方便甚至就建在了田邊地頭。這是改革開放以來，當地新農村建設取得的豐碩成果，「民房

馬塘村的花園與綠樹掩映的別墅

別墅化」不僅使農民的居住條件得到質的飛躍，而且演變成了閩南鄉村旅遊的新亮點。

中午時分，我們來到了群山環繞的「中國名村」馬塘，更是感覺到進入了一座大花園。在和煦的春風裡，一棟棟紅頂白牆的新穎別墅吸引眼球，一處處鮮花吐豔芬芳沁人肺腑，清澈透碧的池水，高大茂盛的榕樹，襯托出小村的靜謐與典雅，這裡是聞名全國的銀鷺集團總部所在地。

在黃添福董事長的精心安頓下，銀鷺集團派專人陪同我們參觀了全封閉的PET無菌冷灌裝飲料生產線，現場觀摩了八寶粥、花生牛奶等產品的生產流程。據說PET生產線是當今世界食品飲料生產最先進的技術之一，其採用瞬間高溫方式滅菌，最大限度保存飲料的天然風味和營養成份，生產的產品新鮮、營養方便、安全。一個始創於1985年的食品公司，僅僅三十年的奮鬥，就由小作坊成長為擁有超過15000員工的中國罐頭和飲料行業龍頭十強，並發展成為集食品飲料、裝備製造、園區開發、工程建設、酒店服務、進出口貿易等多元互動、和諧共舉的企業集團。銀鷺的成功，使我們大開了眼界。

馬塘的發展變化源自於村辦企業創出的一條「以工興農」的發展新路子。銀鷺集團壯大後，帶動了整個馬塘的鄉村建設，由企業出資對全村的山、田、水、路、電進行綜合規劃，繪製藍圖，逐步實現了「達則兼濟天下」的夢想，在企業的強勁支持下，現在的馬塘已成為現代化、多功能的都市式新村。目前，馬塘村的村民全部免費享受醫療保險，還可獲年終分紅；馬塘的發展也吸引了外地勞動力的湧入，其外來人口已經超出本村人口數倍，包括一些廈門本市的大學生也紛紛來到馬塘尋找發展機遇。

參觀食品生產廠區後，村負責人帶領采風團來到了一個別致的花園大院，就是馬塘村民引以為豪的村辦敬老院，在這裡我們感受了尊老、敬老、愛老傳統美德在新時代的弘揚與光大，與閩南鄉間盛行的敬老文化進行了「零距離」接觸。敬老院是一座五層的精美建築，整棟大樓的樓體用紅磚砌成，顯示了對閩南人「偏愛紅色」習俗的一種敬重。一樓正門所對的牆上貼有一個碩大的「福」字，兩邊懸掛的對聯曰：「知足常樂福如東海，健康平安壽比南山」。在擺有古木茶具和大沙發的寬敞大廳裡，負責人介紹了村裡敬老文化及活動情況。敬老院按單門套房設計，有客廳、廚房、臥室和衛生間，兩位老人可住得很寬敞舒適；村裡的老人只要願意，隨時可以拎包入住，不僅不收費用，相反每個老人每個月還可以得到村裡提供的各種補助近千元。陪同人員帶領我們隨機敲開了五樓的一戶人家並向主人說明瞭來意，當聽說是來自世界各地的作家時，老人顯得非常高興，把大家讓進房間後，邊沏茶招待，邊興致勃勃地介紹了他們的生活狀況，還拿出自製的當地酥糖來招待我們；他們對今天的幸福生活感到非常的滿意，笑容裡沒有一絲的故作或勉強。

敬老文化是中華民族的傳統美德，也是我國傳統文化的重要組成部分，並與治國安邦有密切的相關性。其中的「敬」字增添了文明社會特有的人文內容，善心、愛心和良心是其基礎，它要求「敬」不僅限於自己家庭的老人，還要推己及人，做到「老吾老以及人之老」，「敬」的範圍從家庭延伸到社

馬塘村的「花園式」敬老院

會，引導全社會來關心、幫助和尊重老年人，共同推廣其孝老愛親的精神，對於構建和諧社會，意義重大而深遠。馬塘村的采風見聞，見證了敬老文化在閩南特色文化中的分量。

與馬塘村不同的是，田頭村發展走的是農業種植與觀光旅遊相結合的路子，村容村貌和文化建設方面均與馬塘村有得一比，在這裡除感受到敬老文化的盛行外，而且見識了古代「鄉賢文化」在閩南鄉村的悄然復興。

在田頭村土生土長的陳水強先生，是一個曾因付不起6元學費而輟學的農家子弟，如今他是仙靈旗生態農牧科技公司、集美仙靈旗休閒農莊的董事長，旗下公司不僅從事山羊、棘胸蛙、香豬等特色養殖，而且還從事臺灣水果種植、休閒農業綜合開發，是廈門主要的羊肉生產基地與供應商。

廈門集美仙靈旗養殖基地陳水強董事長（左）與本文作者

考察完養殖基地後，陳董開車帶我觀賞田頭村的村容村貌。因看了馬塘的村敬老院，故也想瞭解他們村的敬老院和相關的做法，於是他帶我來到與田頭村辦公室咫尺之遙、掛牌為「集美區社會福利中心大樓」的「愛欣老年公寓」。老年公寓為十餘層的豪華高樓，有百餘個房間，完全可滿足當地老人的養老需要。同樣，入住的老人無需承擔費用。在春節、中秋、端午等傳統節日，包括他在內的當地企業都會主動前往看望、慰問，村裡也時常舉辦一些老年人喜歡的文娛活動，讓老年人開心，老有所養、老有所依已成為現實。

村中心路邊的一棟「小三層」別墅式建築，四周用木柵欄圍了起來，吸引了我的注意，陳董說「這是村鄉賢理事會議事的地方」。我意識到，這是廈門之行邂逅的閩南鄉土文化中的新亮點，於是趕緊停車拍照，門口掛著寫有：「田頭村鄉賢理事會議事點」的木牌。

禮、法合治是我國古代優秀的治理經驗，《增廣賢文》教誨：「凡事要好，須問三老」，這裡的「三老」實際上就是所謂的「鄉賢」。「鄉賢」係指在民間本土本鄉有德行有才能有聲望而深為當地民眾所尊重信服的人，他們在村裡面地位比較高，熱心公共事務，村民比較能夠聽進去他們的意見，可以起到彌合社會分歧的作用。目前，在鄉民鄰裡間威望高、口碑好的退休官員、企業家、文人學者和海外華人華僑等「能人」正日益成為新「鄉賢」的主體，包括陳董他自己就是鄉賢理事會的成員。當我告訴他，看到村裡不少家用良田種植草坪草皮，長遠講會「得不償失」時，陳董說「鄉賢理事們明天開會，討論的議題就是它」，看來果然是「英雄所見略同」呵。

鄉賢文化積澱了我國千百年來鄉村基層治理的智慧，但在新中國建立後一度銷聲匿跡。習近平總書記去年十月強調「要治理好今天的中國，需要對我國歷史和傳統文化有深入瞭解，也需要對我國古代治國理政的探索和智慧進行積極總結」，說明閩南農村地區自發開展的鄉賢文化行動，已在國家層面上受到了重視和肯定。

2015年5月30日

掛有「田頭村鄉賢理事會議事點」木牌的別墅

秀實

秀實，原名梁新榮，廣東番禺人，香港作家。為「世界華文作家交流協會」詩學顧問，「香港詩歌協會」會長。有詩集《荷塘月色》，散文集《九個城塔》，散文詩集《秋扇》，小說集《某個休士頓女子》，評論集《劉半農詩歌研究》等著作。並編有《深港詩選》、《寧港詩選》、《潮港詩選》等。

一峰一溪一鎮

福建省有個地方叫武夷，位置在省的北面。是一個以山水著名的旅遊城市。

2015年4月11日至17日，我隨「世界華文作家交流協會」到廈門和武夷山市采風。得以三度遊覽這個閩北勝狀。

采風團由墨爾本資深作家心水（黃玉液）率領，一行十六人。先抵廈門，再北飛武夷。行程雖匆促，但河山攬勝，還是留下無數的笑聲和足跡。這次我們主要遊覽的是「天遊峰」、「九曲溪」和「紫陽古鎮」。

這裡依次為這一峰、一溪、一鎮作出述說。

「天遊峰」為武夷山第一峰，位於武夷山景區中部五曲的隱屏峰後，海拔408.8米。此峰獨傲其上，山間雲霧瀰漫。登臨則武夷全景盡收眼底。

峰取名「天遊」。望文推敲，有如下的述說。我出之以詩章，吟詠如後：

纏繞彩帶的那仙女守候著

雲光或雨聲中，她一如傳說中

把妝容深埋在夏秋間

我牽著彩帶。先是腳踝的九曲

然後是腰間的幽徑

到髮髻之際，我默然

悟到大美，在述說以外

民間傳說，雨後白茫茫的煙雲，縈迴山際，風吹雲蕩，幻變萬千。若登山巔，覽觀雲海，奇幻莫測，有若置身蓬萊仙境，遨遊於天上宮闕，故取名「天遊」。天遊峰山腳九曲蜿蜒流逝，山間則幽徑盤桓，登上最高處，便見武夷各峰，羅布左右，譽為「人間仙境」，並不為過。

天遊峰有上、下之分。一覽亭左，是為「上天遊」。下有崎嶇丘，沿胡麻澗而走，是為「下天遊」。「百度百科」裡說：「上天遊的一覽亭，瀕臨懸崖，高踞萬仞之巔，是一座絕好的觀賞台。從這裡憑欄四望，雲海茫茫，群峰懸浮，九曲蜿蜒，竹筏輕蕩，武夷山山水水盡收眼底，令人心胸開闊，陶然忘歸。」

明朝的徐霞客便有過，「其不臨溪而能盡九曲之勝，此峰固應第一也」這樣的頌讚。他曾於1616年離蕪入閩，寫下了〈遊武彝山日記〉。那時，「武夷」作「武彝」。後來這篇遊記收錄在他那本《徐霞客遊記》中。〈遊武彝山日記〉全文約3300字。指涉天遊峰的，是這260字。

（仙掌巖）南轉，行夾縠中。縠盡，忽透出峰頭。三面壁立，有亭踞其首，即天遊峰矣。是峰處九曲之中，不臨溪，而九曲之溪三面環之。東望為大王峰，而一曲至三曲之溪環之。南望為更衣台。南之近者，則大隱屏諸峰也，四曲至六曲之溪環之。西望為三教峰，西之近者，則天壺諸峰也，七曲至九曲之溪環之。惟北向無溪，而山從水簾諸山層疊而來，至此中懸。其前之俯而瞰者，即茶洞也。自茶洞仰眺，但見絕壁干霄，泉從側間瀉下，初不知其上有峰可憩止休息。其不臨溪而能盡九溪之勝，此峰固應第一也。立臺上，望落日半規，遠近峰巒，青紫萬狀。台後為天遊觀。亟辭去，抵舟已入暝矣。

寥寥幾句，對天遊峰的描述，便已十分詳細。文采風流，較之百度百科，當然更為精彩。像寫日落，「立臺上，望落日半規，遠近峰巒，青紫萬狀」。十六字曲盡動靜美態。這次我沒登山，因為當日遊人擁擠，其惡劣的境況好比春日減價的市場。園方在山腳入口處設起關卡。遊人須在這排隊輪候一個半小時，方能登山。煞風景，掃雅興，莫甚於此。另一是考慮到體力的衰頹，勉強攀爬徒添艱辛。登天遊，全程有八百多梯級，有的更是陡峭而無欄杆的險地。是以我只攀爬了八十餘級，達一休憩平臺而止。盤桓山腳，乃順道遊覽了「一線天」、「響聲巖」、「茶洞」、「雲窩」等景點。

我曾三遊武夷而兩登天遊。第一次早在1980年。那時去武夷並不容易。我們從廈門坐火車出發，到南平轉乘大巴，花了整整一天的時間，傍晚才抵達武夷。因為沒安排住宿，而聞說天遊峰上有旅館叫「天遊旅舍」的。我乃半跑著登山，但暝色漸合，夜霧漸濃，最終仍得折返。那次登山，只及於腰。及後約2001年，隨某文學團體再訪武夷。那次笑談之間，便已立於最高處。倚欄遠眺，下面是蜿蜒如帶，曲折有致的「九曲溪」，對面是一眾山神如雙乳峰等星羅棋布。江山如畫，那真是朝入眼簾而晚入魂夢的美麗畫圖。

那次我們是從後面下山。風光自不及山前。但卻遇上一株高聳入雲的紅豆樹。樹齡百年而樹幹逾十層樓。此株南國紅豆，百度也有記載：「下天遊的南端有近年改建的天遊觀。觀內有小賣部和茶室，可為遊人提供方便。殿宇式的樓閣，名遨遊霄漢，成為遊客飲茶、賞景的場所。觀後的妙高臺上，有一株罕見的紅豆樹。每當成熟季節，山風輕拂，豆莢就紛紛撒落在地，滾出殷紅的豆粒，晶瑩閃亮，鮮豔可愛。」天遊不愧為謫仙之鄉，商旅路過，無不流連忘返。

所謂「在乎山水之間」，仁者智者取態雖則有異，卻都希望兼得醉翁之樂。登天遊再乘竹筏遊九曲，方能從不同的角度領略武夷山水。「登臨」與「泛舟」，自古便是騷客文人遊山玩水的兩種途徑。1980年遊武夷，便已泛舟於九曲溪。那時遊人不多，旅遊設施各方便皆未完善。僱竹筏遊九曲，還可以在平靜的彎道上泅泳，可以隨時吩咐舟子靠岸，頗有當日徐霞客那種「復泊舟」、「命移舟十里」、「復登涯」、「登岸」的旨趣。

當年遊閩地，觸景生情，寫下了〈閩城〉組詩10首，後來收錄於我第三本個人詩集《詩的長街》（香港：新穗出版社，1983年版）裡面。下面〈遊武夷九曲〉曾被選入「全港校際朗誦節」為粵語誦材。

攝影：朵拉

〈遊武夷九曲〉

玻璃面透明液的九曲溪
迂迴延伸成蛇狀
峰巒纍纍
是今年夏暑的收成
竹筏順溪而下
自九曲浮飄，峰落
峰起間，群峰過盡
雲光忽東忽西

一路上，玻璃面給打破了
刺我們的心成烙記的
是倒影在水中的
眾神

棄船，在三曲登岸
沿車路徒步到星村
身倦下榻
有水井和繫馬柱的古舊旅店

從九曲登船，至三曲而止。這是當年九曲泛舟的路線。沿溪流而下，但見群峰倒影在清澈的溪水中，和著雲光，構成一幅如詩畫圖。武夷諸峰的美態，只有在九曲溪上泛舟，方能領略。詩裡以「眾神」喻之，恰如其份。末節提及的星村，是武夷一個偏僻小村莊，還保留了古老的水井和繫馬柱。猶記我們投宿於此，正值文革之後，規條嚴苛，雖份屬夫妻，男女也得分房而宿。那時詩作，記錄事情，寄託感觸，卻欠缺了對生命的質疑與省思。

這次隨「世界華文作家交流協會」傲遊九曲，一船六座，全團十六人分乘四艘竹筏，連掇相望。舟子二人，各持長篙，分站於首尾，相互配合。迎湍急流水，避石卵淺灘，卻一派從容不迫，好整以暇。是人與自然融為一體的良好示例了。泛舟後當晚躺在床上，雖累而久不能寐，便在手機狹小的熒屏上塗寫了〈漂流〉一詩，因乘竹筏而有感於生命與年華。往事成塵，當下悵惘，感觸良多。

〈漂流〉

漂流在昨日彎曲河道上的那人是不是我
那些如夏花之臉容，如黃昏雨滴之歎息聲
都只不過是浮雲般倒影為散亂的絲絮

在小鎮夜間淒冷的燈火下穿過
漂流在今日彎曲的河道上那人，仍不是我
四月，一堆佝僂的枯枝長滿了芒刺的果實

彎曲的河道不曾枯竭，明天我會漂流其上
城內的街道已掇滿陌生的旗幟，人群如潮
溺水是最好的終結，讓所有的漂流抵達彼岸

當年我曾泛舟九曲，此為所經歷的實事，詩文已有所載。但今日回溯，竟陌生如斯，對當日的那個「我」有了疑惑，究竟我曾否漂流在該河道之上！那是生之無奈，即過去的事其實並不屬於你，回憶只是一種皮層似的撫摸，與當日的真實相去甚遠，生命的階段已然失逝，尋找回來已是不可能。而這次我復泛舟於九曲，但我仍然覺得這個人不是我。因為我感到生命仍在漂流，這是有種如同「莊周夢蝶」的對生命本質的領悟。詩句「一堆佝僂的枯枝長滿了芒刺的果實」，意思是年華已老，命如枯枝，如今方才醒悟因當日所作的事，使今日結出的果實帶有芒刺。未來我也有可能再臨九曲，泛舟其上。如果這是事實，即我將溺水而死，那是一種終止生命漂流的結局。詩對生命的領悟頗深。當日美籍華人小說家姚茵曾在團友前替我誦讀，一詩作罷，微塵飛揚。遊九曲只賞山水而不悟人生，是枉然。當年詩人郭沫若便有「六六三三疑道語，崖崖壑壑競仙姿」的名句。

百度百科也有介紹九曲溪的。「九曲溪是武夷山脈主峰——西南麓的溪流，位於福建省武夷山峰岩幽谷之中。因武夷山有三十六峰，九十九岩。峰岩交錯，溪流縱橫，九曲溪貫穿其中，蜿蜒十五華里。又因它有三彎九曲之勝，故名為九曲溪。它全長約10公里，面積8.5平方公里。山挾水轉，水繞山行，每一曲都有不同景致的山水畫意。溪流九曲瀉雲液，山光倒浸清漣漪。形象地勾畫出了九曲溪的秀麗輪廓」。

南宋朱熹曾寫有〈九曲棹歌〉十首。一曲一詠，文筆極美，意蘊濃酥。詩為七絕。擇抄「二曲」，以留佳音。

二曲亭亭玉女峰，插花臨水為誰容？
道人不作陽台夢，興入前山翠幾重！

這次遊溪，我們在九曲星村碼頭登筏，順流而下，至一曲武夷宮碼頭上岸。就像在一卷江南山水畫中，緩緩淌流而過。一個半小時後，方才從陶醉中醒來。登岸後，又順道遊了「武夷宮」和「彷宋古街」。行色匆匆，留不住羈旅時光。

而這次隨「世界華文作家交流協會」遊武夷，與以往最大不同是，意外的遊覽了「紫陽古鎮」。層樓更上，佳話徒添。

遊武夷的最後一天下午，我們造訪了「紫陽古鎮」，遊覽焦點是「下梅村」。我們一踏進古村，映入眼簾是古舊的「祖師橋」。此橋建於清康熙年間，為二十多個行幫業會工匠們共同捐資修建，為村民演社戲、行幫業會敬奉祖師爺的公共舞臺。一道小溪即梅溪，為下梅村分為東西兩岸，古舊的房舍與商鋪臚列。有若跨過門檻，一踩便進入前清時代。左手有鎮國廟。此寺建於公元1779年即清乾隆四十四年，原祀唐朝鎮國大將軍薛仁貴。本是晉商祭祀忠烈先祖之場所。現在是村民祭祀儒釋道的廟會活動場所。我們穿廊過道，有若外地而來的文人商賈，充滿對陌生地的好奇。順路參觀了百歲坊、青雲門、幸運門、大夫第、小樊川、芭蕉門等特色建築。當中芭蕉門位於鄒宅內，是當年宅主鄒氏為娶得身材姣好的媳婦而特別建造，作為標準來選擇未來的兒媳。而傳統圖案中，芭蕉門象徵著招財進寶。

傲遊古村約二小時，卻有如度過一段漫長的時間。這真是一種奇妙異常的概念。古人說，山中七日世上千年。我深信對時間，古人的體會與現代城市人頗有不同。緩慢與急促，剎那與永恆，許多時存乎一念。回想是次采風行旅，同行諸君，有若花顏之開落，而過眼風華景物，如這一峰一溪一鎮，深烙於記憶之中。詩句「人世幾回憶（傷）往事，山形依舊枕寒流」，景物未變，而容貌若季。那笑語那歡顏，浮泛於風中於窗外城堡的日光之下！

這次采風團的團友，曾同船而渡、同車而行、同城而宿，現擷名於後，以誌這前生修來的一段文緣。他們是：團長黃玉液（世界華文作家交流協會秘書長）、副團長林繼宗（中國潮汕文學院院長）、副秘書長張記書（中國邯鄲文聯）、副秘書長張奧列（澳州雪梨新快報主編）、副秘書長朵拉（馬來西亞作家、畫家）、中文秘書婉冰（世界華文作家交流協會），中文秘書艾禺（新加坡華文作家協會副會長）、公關高關中（德國漢堡）、團員：姚茵博士（美國）、曹蕙（國家一級作家，湖南長沙）、倪娜（柏林、德華世界報主編）、辛鏞（中國潮汕文學院秘書長）、林錦（新加坡詩人）、楊菊清博士（中國新疆）、王學忠（河南知名詩人）和秀實（香港詩歌協會會長）。

2016.6.30.

於香港新界將軍澳婕樓

曹蕙

曹蕙，筆名曹志輝，七十年代出生，係中國作協會員，中國文藝評論家協會會員，國家一級作家，供職於湖南省文聯。曾先後就讀於毛澤東文學院首居作家班，魯迅文學院第十三屆作家班。2012年入選湖南省首居三百文藝人才工程。在海內外報刊雜誌發表文學作品約有百萬字。先後著有《生命的邀約》《蕙葉集》《讓傷痛美麗成花》《讓心靈去旅行》《不要輕言放棄》等書，長篇小說《女歌》為入選湖南省三百文藝人才2015年扶持項目以及湖南省作協重點扶持項目。作品多次在全國獲獎。曾為報紙專欄撰稿人。TOM網、新浪網等多家網站曾以《出生於七十年代的陽光女作家》。散文《夢裡溱湖》先後在中央電視臺和中國教育電視臺播出。詩多次入選年度詩選。

九曲溪漫遊

喜歡水，一向勝過山。不僅因為水之柔美，更因了水的韌性。我想這世間，再沒有什麼比水更有張力的事物了。她可以水波不興，也可以驚濤拍岸，水滴石穿。無數次流連在海邊、江岸、湖畔，只是想與水親近。而自以為看過千山萬水的我，卻被武夷山下這泓碧綠的溪水所折服，以至深入腦海，念念不忘。我想，這也許便是世界華文作家交流協會廈門采風予我最好的饋贈吧。

九曲溪，如玉帶般環繞著武夷山脈，人在竹筏中，竹筏微漾在碧綠的水波上，水清幽幽的，如明鏡一般。順流而下，有微風徐來，不知不覺中，心中的煩愁與不順，都隨風散去，亦或是消融於水了吧。

正是暮春時節，春色讓人迷醉。大自然這位高級調色師，像一不小心打翻了調色盤，將深深淺淺各種層次的色彩次弟潑灑在溪的兩岸。

杜鵑花紅得肆意，尤其是絕壁上的那一樹紅，顯示出一種高貴的落寞。彷彿被遺落在春風裡的一匹綢緞，就那麼淡定，安靜地，兀自蓋了岩的一角，山風一吹，閒閒地散發著清香，讓人徒添幾份喜悅。野菊花揚著清白的臉，仰望著原野。

橢圓的野果高掛在枝頭，顏色還是青綠的，乍一看，以為是樹上結的果實。細看，卻原來是一些藤透迤而上，把果子結在了高高的樹枝上。

蘆葦在風中搖盪，有著一種飄然世外的美。天藍得明媚，這些花、鳥、草倒映在水中，也綠出了一種詩意，古箏一樣撩拔著情緒。給人一種畫影成雙、水天一色的感覺。

「秀水清如玉，奇峰翠插天」。船工只需用竹篙輕輕一點，不同的景致便逶迤而至，有時，你明明以為船要到灘了，然而，峰回水轉，又有不同的美景呈現在你眼中，真可謂九曲連環。

山兩岸的景致，隨著竹筏的遊走而不斷地變幻莫測。風從別處來，也不知耳語了什麼，使得溪水愉快地漾起了細紋，層層疊疊地向遠處不斷蕩漾開去，如達成了某種神祕的默契。舟行碧波上，人在畫中游。溪水清澈見底，能看得見河底的卵石和嬉戲玩耍的紅嘴魚。有人往溪水裡擲魚食，水面便冒起歡樂的水花來，遊人安靜著，生怕驚憂這一切。

一群小鳥，砰地一聲從樹葉間箭一樣地射出去。在更高一點的樹枝上落下來，警惕地看著人。它們的樣子比麻雀更小，有著靛藍的羽毛，蜂鳥般玲瓏可愛。一隻有著金黃毛的小鳥，藏在一片紅葉間，如果不是它婉轉的鳴叫聲，你幾乎要忽略它的存在了。

同筏的人驚喜地叫道：「瞧，野雞。」果然，在成片柔軟的狗尾巴草中，一隻白羽的山雞，拖著長長的尾巴，在風裡悠閒地漫步。

最美人間4月天。有新娘著白色婚紗，在新郎的攙扶下，在光潔的鵝卵石上照婚紗照。

周遭的一切都如同被溪水洗滌過似的，純淨、美好。不一會，先一天徒步遊過的天遊峰出現了，似刀削斧劈般宏闊。

春的暖陽下，人也懶洋洋的，竟迷迷糊糊在竹筏上打了一會盹。醒來時，見右面的峭壁上，十幾隻老少不一的猴子，悠閒地嬉戲玩耍。中有一隻猴王樣的，正威嚴地踱著方步，對溪水裡悠然而棹的竹筏，人群因它而起的尖叫，有些熟視無睹的淡然。果真是「客來倚棹岩花落，猿鳥不驚春意閑。」彷彿大自然只許了它這一川靈山秀水，它們才是這山水真正的主人。而我們，不過是些外來入侵者。

就這樣安靜地沿溪飄流著，聆聽著水流聲，竹篙聲，什麼也不用想，什麼也不用做。只留風清目明，眉目疏朗間，覺現世安好。彷彿那些生活中的喧囂已遠離，天地之間，只剩這一泓碧藍與澄明。

水面上起煙了，輕輕地，柔柔地，霧一般，氤氳著。有一種沉靜之美，又有一種不勝涼風的嬌羞。與那山頂的霧，正好相互映襯。遠處有簫聲傳來，輕柔地蕩過溪面。

只有那水裡的小魚小蝦，清晰可見，天上的小鳥倒影在水裡，和那些清水中的魚兒湊到了一起，又悠地分開了。

「種竹交加翠，栽桃爛漫紅。」而溪水兩岸，青翠欲滴的是竹，它們一叢叢、一簇簇，探過身來，在微風中輕歌曼舞，守護著這片美好。而松針樹，已開了淡紫的小小花朵，輔以深沉的濃綠，開在峽谷中。

這些美好的事物，彼此遇見，便成就了這暮春的景致，如同長河與落日的相遇，大漠與孤煙的相依，西風與落葉的共舞，這一切美得那麼自然，和諧。生髮出別樣的壯美來。在這春日的長空中，平添一份靜好。

順手打撈起水中的一片樹葉，放在手心，細細品味，恰似這一季最美的花開。

是的，在喧囂的城市之外，九曲溪，正如一位性情投洽的朋友，你若委屈，她靜靜相伴，你若哭泣，她陪你一起落淚。她不會追問你落淚的緣由，也不會指點你迷途的方向，只是靜靜地守候你，容忍你的消沉，你的恣意，還有你小小的任性。她若遠若近，若即若離，卻是貼心暖肺地陪伴著你。她不親近、不灼熱，卻能在不知不覺中，讓你心情舒緩明亮，讓你的心安放妥帖。

人在溪中游，時光就這樣靜靜地從指尖溜走了，片痕不留。恍如乘一葉小舟，一任歲月的河流，安靜緩慢地流向深遠處。

「繡簾垂，眉黛遠山綠。青水渡溪橋，憑欄魂欲銷。」陽光下，自西向東行進，微風拂面，我的心空曠而明淨。呼吸之間，有草木溫暖、香甜的氣息，心內平添幾份淡淡的喜悅，是的，生命無需人聲鼎沸。只想在此山水中看花影鳥痕，吸晨露晚風，烹茶論詩，做一千古閒人。

只想有那麼一天，邀上三五知己，學那蘭亭之人，在九曲溪中放上一壺酒，酒流經誰時，誰就即興做詩一首，若做不出詩來也不要緊，就順手撈起溪中漂著的酒壺，把盞臨風，豈不樂哉？亦或不喝酒，不做詩，只在溪中竹筏上溫一壺茶，細細品嘗，聽鳥鳴魚聲，還有什麼比這更能讓人愉悅的呢？我所期待的，不過是，在美如畫的九曲溪中，趁時光不算太老，能與親愛的你，同舟共渡，同語歡笑而已。

廈門散記

住在臨海的酒店，推開窗，便能看見無垠的大海。窗戶下，盛開著紅色的木棉花，另一側，一叢叢的三角梅，在這暮春時節，尤其綻放得恣意，不遺餘力地裝點著這座海濱城市。

去海邊散步，陽光打在身上，有一點點微溫，卻不灸熱，海風徐徐地吹來，沒有想像中的腥鹹。目光所及，大海一碧如洗，天藍得明媚，水藍得明媚，正所謂水天一色。有銀色的海鷗箭一樣俯衝下來，翅膀搏擊著水面，去叼那些躍出水面的魚。有些海鷗累了，棲在木樁上休息，站成一排排的小白點。遠遠看去，像一幅靜物素描。有兩隻海鷺，鴛鴦一樣，雙雙在海邊的淺水裡翻飛嬉戲著。遊人紛紛拿相機記錄這美好的瞬間。於遊人來說，它們是這海水中的風景，而於它們來說，遊人便是這岸上的風景。

沙灘上，有人支了帳篷，悠閒地躺著。有一些則鋪了席子，席地而坐。海邊已經撿拾不到美麗的貝殼，小孩子們便手裡拿著小小的漁網，望那海水裡撈去，渴望能撈到小魚小蝦或是一隻小螃蟹。有孩童用樹枝在沙灘上畫了小貓和白鴿，令人訝異和歡喜。

另有一些人，在沙灘上嘻笑逐浪。我也止不住脫了皮鞋和襪子，赤腳走在金色的沙灘上。鬆軟、柔和，像愛人無言的擁抱。雖然一直對大海懷有一種天生的嚮往和熱愛，但從來沒有像現在一樣，全身心地親近著大海。

有浪花撲到腳上，涼沁沁的，人便像冬日裡吃了個冰淇淋，心裡猛一激靈，便抑制不住地尖叫，叫聲裡有無盡的刺激和歡喜。再鼓足勇氣把腳伸出去，讓浪花撲打幾次，人便習慣了水溫，海浪便像體貼入微的按摩，酥軟而舒服。起風了，一波湧過來的，便是更大的浪花。站在被海浪沖得溫潤的礁石上，一個水浪撲打過來，濕了褲子，便發出更大的、開心的叫喊。

回首望去，只一刻，海浪便一波一波地，把我留在沙裡的深深淺淺的腳印已沖刷、抹平、洗淨，了無痕跡。一如內心的糾結，被時光之手一一撫平、放下。而我在這尉藍色的大海邊走過，終將無以為證。於浩瀚的時光來說，人的一生，不也正如海灘上的行走，再深再重的腳印，也終歸了無痕跡？

海的遼闊高遠，把日子裡的小憂傷、小情緒一掃而盡，思維也彷彿由此擴展開去，變得遼闊而高遠起來。海安靜時，一碧如洗，遼闊而幽遠，溫和寬厚，令人神往。而颱風來臨時，海也會變得猙獰可怖，咆哮著掀起一波一波的巨浪，飛速向岸邊撲來。前一波退回去之後，與後一波相遇，擊起更大的水浪。

大海原也不過是一勺之多，海不辭水，方能萬涓歸海。世上的水路原是相通的。有的雖來不及抵達海，便已被蒸發，然而，升至空中，化為雨水，終歸落入大海。周而復始，生生不息。

遙對著臺灣島的鼓浪嶼，是心中渴慕已久的地方。這裡海礁嶙峋，岸線迤邐，生長著十分珍貴的大果紅心木、印度紫檀，一眼望去，青樹翠蔓，蒙絡搖綴。鄭成功的雕塑肅穆而莊嚴，守護著這個海島。撫摸著那些久遠的往昔，想我們的先人，也曾南征百戰，也曾滿世界稱雄，成就中華之大。

鼓浪嶼的房子，多是歐式風格的別墅，像安徒生童話裡的城堡。它是一座名符其實的「音樂之島」。所行之處，總能見到出色的音樂人，有的彈吉他，有的同時能彈好幾架琴。而鋼琴博物館，矗立在海岸邊，聆聽大海的潮起潮落，見證著這座音樂之島的榮光。那些古老鋼琴裡流出來的清音，深入這座島嶼的脈絡。從19世紀中葉起，伴隨著基督教的傳播，西方音樂傳進鼓浪嶼，與鼓浪嶼自有的音樂原素相融合，造就了周淑安等一大批傑出的音樂家。

海岸邊，木棉花盛開著，是這海天寧靜高遠的背景。店家掛的貝殼風鈴，在海風中長長久久地吟唱著。正要離去時，忽然飄來似曾熟悉的樂音，空曠遼遠，恍如天籟之音。我循聲而去，問老闆：「這是什麼音樂，這麼好聽？」他帶我去看，原來放的是《佛經》，我原是個頗有佛緣的人，想這一去，不知幾時能再聽到這般音樂，便懇求店主賣給我，他原是買來自己聽的，見我喜歡，遂忍疼割愛。

從廈門直飛武夷山，第2日登天遊峰，抬頭一看，天藍得讓人訝異。那麼明媚，那麼純淨，似乎離得很近切，又很遙遠，瞬間讓你有些不真實的感覺。

而這純藍的天上，竟然連雲朵也沒有一片，藍得不帶絲毫雜質。有一輪上弦月掛在高遠的天空，而此刻朝陽已升起，是日月同輝的景象。上山的路擁堵不堪，來不及好好細看風景，幾乎是被後面的人群推搡著上了山。如常，山頂並沒有期待的盛景，只在於登山的過程，然而，過程也是容不得你細細體會的。

好在下山之路卻是安靜而美好的。兩旁茂竹修林，鵝掌楸、銀鐘樹、南方鐵杉、觀光木、紫莖隨處可見。另有一顆樹，樹幹粗大，卻長出無數細碎嫩綠的葉來，這種明顯的不相稱，卻顯出一種別致樣的美來。與一棵檵木靜靜合影留念，是的，我喜歡灌木，雖然它們永遠也成不了高大的喬木，但是，卻開枝散葉，自得其樂。這時，一隻黑身白翅的鳥，從身後悠然振翅飛過，長長的尾巴舒展開來，是旁若無人的愜意。這是南方林中難得一見的大鳥。

天亮時獨自踏上歸途。人生，便是由一段一段的旅程拼接而成。不知道下一站，會到了哪裡。也不知道還有誰，會陪在你的身邊。事實上，沒有人，能安靜地陪著你，從起點一直走到終點。只是偶然間途中遇見，欣賞問候了，也是一種緣份。懂得歡喜感恩就好。等有一天，走著走著，你驀然發現，原來，那個你希望能一起走得更長久的人，忽然間就離散了。心裡再疼，再不捨得，你也要學會放下。不管心裡有多難過，也只能護緊衣裙，獨自上路。再糾纏、強求也都不過是徒添煩惱。人，註定是孤獨的，孤獨地來，孤獨地去，孤獨地走過所有繁華與衰落。

倪娜

倪娜（呢喃），歐華作家協會會員、北美文心社德國分社副社長、世界華文作家交流協會會員。現居住柏林。在國內是記者，出國後是德國《華商報》記者，現任《德華世界報》主編，作品散見於歐洲華文報紙和美國《僑報》、《紅杉林》及《小說月刊》等雜誌。

《心靈之舞》榮獲2014年中外詩歌散文大賽一等獎（提名獎）；《母愛，你懂的》榮獲2014年漂母杯全球華文大賽優秀獎；《他的假日沒有她》榮獲2012-2013首屆世界華文微型小說三等獎；《信仰不是財富》和《一個德國人在中國的感慨》分別榮獲2012、2013年徵文優秀獎；另有作品收錄在《我們這樣上中學》、《教育，還可以》、《歐洲暨紐澳華文女作家選集》等。

2014年紀實小說《牽手一起走過的路》在「第二屆北京劇本推介會」展出。

回國雜感

4月天回國，早晚涼正午比柏林還暖。枝頭吐綠，含苞待放，陽光格外柔和眷顧。走下飛機，見到美眉口罩遮面，省了塗紅抹粉，多了份神祕，也少了柔性魅力，不免為之憐惜，何必小題大做，幾天後我便流鼻涕、打噴嚏，不發燒，黃痰卡喉，暈頭轉向，感冒症狀襲來。

北京霧霾肉眼可見，灰濛濛的天空沒有清澈，白天正午只見太陽的光亮，平板一塊籠罩頭頂，見不到白雲飄逸的層次，陽光無法穿透的雲層。呼吸感覺到，鼻塞喉緊，馬路堪比柏林乾淨，尤其天安門廣場恐怕是世界上最乾淨的廣場吧，總能看見中國人的乾淨：手執笤帚，塵土飛揚，難怪中國人習慣挖鼻吐痰。

有錢就任性，寫在城市的大街小巷和人的臉上身上。好像人人都比較任性，居有房行有車，名牌消費，吃請送禮不在話下。高樓大廈水泥森林，晝夜施工，成片開發，讓人陌生，讓人躊躇。

對北京地鐵的高速發達，交通便捷大贊不已，一張車卡20元，可以隨時充值，按距離算費，從原來的2元漲到6元，現在

15條線從天安門中軸線環環相接，多遠都有接連，最遠2個小時，高峰期過後座位可尋，廁所隨處可尋方便出行，不收費，逢人便誇耀讚歎一番，這一點比柏林強！

那些天我不會過馬路，無論在北京，還是在廈門繁忙的街道上，眼見綠燈不敢前行，面對飛馳而過，喇叭刺耳，硝煙彌漫，垃圾車一路仙女散花，讓我心驚肉跳，親眼目睹大馬路高峰時段堵塞，車輛佔用人行道，行人被趕到草坪踐踏花草，剛注意到中國的馬路只有機動車和非機動車道，經常沒有人行道設置。

候機無人排隊，購物無人排隊，甚至去廁所也無人排隊，誰按規矩辦事，秩序行事只能吃虧、吃苦，在海外住久了，回國不適應，反應遲鈍，經常找不到自己的位置，在無序的環境裡，經常會遇到莫名其妙地高音吵鬧、大打出手、一窩蜂，易動急躁，聽不到對不起、沒關係，也許沒有時間，沒有心情去包容、理解，不吃虧，還要佔便宜，事事攀比，不甘落後，看的人累，活得人也累。

餐飲服務行業的服務人員總是低人一等，沒有小費可拿，本來可以舉手投足，方便自己也方便他人就餐，可是無人力所能及，檢點自我，小事無人在乎，為利是圖才是大事，垃圾成堆，無形當中給服務人員加重工作量。

回到柏林，廈門女導遊的廣告語式說辭：廈門只有霧沒有霾。此話一直縈繞耳際，那麼柏林呢？出了泰戈爾機場，好似置身天然的大空調裡，空氣清新，天高地遠，呼吸暢通，鼻塞喉緊症狀也消失了，顯然我沒有感冒。

北京怒放的鮮花

王學忠

王學忠，詩人，2007年加入中國作家協會，出版詩集《未穿衣裳的年華》、《挑戰命運》、《雄性石》、《太陽不會流淚》等12部，其中《王學忠短詩選》、《王學忠詩稿》、《王學忠詩歌鑒賞》等3部為中英文對照。詩集《挑戰命運》獲2003年河南省「五四」文藝獎銀獎，詩歌《中國民工》獲2005年「紀念臧克家百年誕辰」全國詩歌大賽一等獎。《人民日報》、《文藝報》、《文學評論》、《詩刊》、《文藝理論與批評》、《當代文壇》等百餘家國內外重要報刊發表針對其詩的評論文章300多篇，作者遍布美國、法國、德國、瑞典、新西蘭以及香港、臺灣等國家和地區，結集出版評論專集《平民詩人王學忠》、《王學忠詩歌現象評論集》、《底層書寫與時代記錄——王學忠詩歌研究論集》等3部，臺灣著名作家陳福成於2013年4月出版研究專集《當代中國平民詩人王學忠詩歌箚記》。

閩南采風

與記書兄同行

接到世界華文作家交流協會黃心水秘書長的「廈門采風邀請函」，我是4月10日凌晨4時30分與邯鄲作家張記書乘火車先到鄭州，後又乘12時50分鄭州到廈門的火車，次日下午4時30分到達廈門火車站的。儘管乘車時間長達18個小時，與性格相同一見如故的記書兄在一起，一路談詩說文反而覺得時間過得很快，下車時還言猶未盡呢。其實，我是因受邀參加這次采風活動才認識記書兄的，以前只是相互知道名字，並未有交往。俗話說：「人對脾氣狗對毛」，這次相伴參會，話匣子打開，越說越投機，一種相識恨晚之情油然而生。他性格耿直、憨厚，我不善言語、內向。我們談了各自所在城市的文壇狀況，過去和當下一些所謂文人的人品和文品。一致看法是：無論寫小說還是寫詩歌，都應端正寫作態度，不可功利熏心，要用真情實感反映時代，為人民鼓與呼。那些憑藉掌控發稿權、評獎權的「名家」，別看現在鬧得歡，50年後星轉月移，便狗屁都不是。

記書兄是寫微型小說的行家裡手，也許是職業習慣，愛用詼諧的語音，幽默的故事闡述自己的觀點，使談話氣氛輕鬆、活潑。受他的影響，我也講了一則發生在網友身上的故事。我說最近有個網友感情上出了問題，她用梨和洋蔥形容了自己的感悟。她說女人好比梨，外甜內酸，吃梨的人不知道梨的心是酸的，因為吃到最後就把心扔了。所以男人從來不懂女人的心，男人就好比洋蔥，想要看到男人的心就需要一層一層去剝，但在剝的過程中會不斷流淚，剝到最後才知道，洋蔥是沒心的。記書兄聽後說，好！這就是生活中的小小說，文學離不開生活，生活中的每個人都是作家。

走出車站，這個美麗的海濱城市剛剛下過一場雨，空氣格外清新，一棵棵高大的鳳凰、垂蓉，挺拔、俊秀，三角梅競相綻放，開得爛漫、熱烈，花瓣上晶瑩、剔透的雨珠兒，映照出我們倆兒坐了18個小時火車的疲憊。這是我第一次來廈門，長期生活在天天霧霾的北方都市，像突然步入一座諾大的氧吧，讓人心曠神怡。「萬年無飛雪，四季花常開。」、「山無高下皆流水，樹下秋冬盡放花。」，這些美好的詩句是對這個蕩漾在碧波上城市的生動寫真。我們走在雨後的廈門街道上，剛剛被春雨洗浴後的垂榕，高聳藍天，樹幹筆挺，樹冠蒼翠，高達數十米，一條條根須從樹上墜下，又深深紮進泥土裡、石頭中。記書兄說：「這些垂榕與廈門人的性格多相似呀，堅強、堅韌，落地生根、四海為家。據說在世界各地「安營紮寨」的廈門人有數十萬。我說：「是呀，僅各界名人我便可以隨口說出一串。」由於「邀請函」上寫著晚上七時正、黃添福董事長

要親自宴請與會作家，我們倆人便搭車，匆匆趕往同益路48號的福佑大飯店了。

鼓浪嶼一日

4月12日，采風活動第一天，我們一行十六人，在采風團團長澳大利亞作家黃心水的帶領下，從廈門郵輪中心廈鼓碼頭登上駛向鼓浪嶼的渡輪。那天，日麗風和，一艘艘渡輪在波瀾壯闊的海面上航行，我們有的坐在船艙裡，有的站在甲板上向遠方眺望，隱約中看到一尊巨大的石雕。導遊小姐介紹說，那是民族英雄鄭成功的雕像，是用625塊白色花崗岩雕鑿嵌接而成的，重1400多噸，高15.7米，是鄭成功實際身高的10倍。渡輪行駛約20多分鐘，鼓浪嶼已近在眼前，只見英雄身披戰袍，手按佩劍，威武雄健，猶如正站在船頭指揮著他的將士，乘風破浪、浩蕩東征，去收復祖國的寶島臺灣。

4月的鼓浪嶼人山人海，遊客來自四面八方，有黃皮膚的，白皮膚的，黑皮膚的，穿著更是五顏六色，像一副美麗的圖畫，流動在鼓浪嶼蓊鬱的綠色中。我們一行十六人，自由分成若干組，走在鼓浪嶼幽靜的街道上，一路拍照、記錄。導遊則不停地喊後邊的快跟上。美麗的鼓浪嶼真是一處一幅畫、一處一景觀，各有各的格調，各有各的背景、意義，無論導遊怎樣催促，後邊的總是走得很慢，一副戀戀不捨的樣子。正走著前方傳來一陣輕快、悠揚的笛音，那是《愛我中華》的曲子：「五十六個星座，五十六枝花／五十六個民族兄弟姐妹是一家……」走到跟前，原來是島上的一位民間藝人，用現場演奏的方式向遊客推銷他的光盤。走著走著，走進了小巷深處，幾座十九世紀的歐式建築掩映在高大濃密的垂熔樹中，從釘在牆壁上的小牌子可知，那些風格各異的房子曾是美國、英國、荷蘭，以及日本的領事館。如今已人去樓空，有的改作了旅館，有的是小賣鋪。

前邊不遠是毓園，這是一座恬靜的園林建築，是為了紀念人民醫學家、婦產科大夫林巧稚修建的。1983年林巧稚在北京逝世，5年後骨灰由北京返回鼓浪嶼，葬於毓園。林巧稚大夫從醫60多年，親手接生了5萬多個嬰兒，而她卻終身未婚，孑然一身，被稱為「萬嬰之母」、「生命天使」。毓園牆外矗立著幾本巨大的花崗岩製作的書籍，上面刻著林巧稚大夫的語錄：

「我是一個中國人，一個中國大夫，我未曾離開災難深重的祖國，不能離開需要救治的中國病人。科學可以無國籍，科學家卻不能沒有祖國啊！」，另一本上寫的是：「我是鼓浪嶼的女兒，我常常在夢中回到故鄉的大海邊，那海面真遼闊，那海水真藍、真美……」我被林巧稚大夫的事蹟深深感動，但由於采風團沒有入園參觀計劃，只好匆匆拍了幾張照片，便去追趕前邊的隊伍了。

鼓浪嶼不僅是「萬國建築博覽」，也是「鋼琴之島」、鋼琴擁有密度居全國第一。鼓浪嶼鋼琴博物館的締造者是胡友義先生，館內收藏了世界各地的100多架古鋼琴，都是胡先生捐獻的。胡先生和我們的黃心水團長一樣，同是僑居澳大利亞墨爾本的廈門人。那些鋼琴不僅歷史悠久、種類多樣，而且十分奇特。其中有1811年產於英國的科勒德立式鋼琴，有1906年鋼琴製造大師舒楠製作的雙鍵盤4套琴弦、8個踏板的古鋼琴，有英國皇宮用的象牙琴鍵的華麗鋼琴，街頭賣藝人的手搖街頭鋼琴，還有一架19世紀初生產的世界上聲音、體積最大的奇克寧鋼琴，這架鋼琴是胡友義用自己的一座別墅換來的。胡友義一生無兒女，他把那些鋼琴當作自己的兒女，他說鼓浪嶼就是他們的家。離開鋼琴博物館、我們又參觀了嚴複紀念館，陳嘉庚創建的廈門大學鼓浪嶼校區。美麗的鼓浪嶼島上有許多景點，每看一個景點都像是在上一堂愛國主義教育課，並且一次次被他們的愛國情懷感動。當我們就要踏上渡輪返回時，耳畔又響起那位民間藝人輕快、悠揚的笛音：「五十六個星座，五十六枝花／五十六個民族兄弟姐妹是一家……」

左起高關中、王學忠、心水、婉冰合攝於武夷山下

登武夷山

采風團一行十六人，於4月十五日晚九時，也就是采風活動的第四天乘飛機到達武夷山的，當晚下榻在武夷山腳下的一家賓館。第二天早上七時用過餐後，便在導遊的帶領下開始登山。首先登的是天遊峰，武夷山景區流傳著一句順口溜：「不登天游，等於白遊。」，天遊峰是一條由北向南延伸的岩脊，東接仙遊岩、西連仙掌峰，海拔408米，相對高度215米，仰望削崖聳起，壁立萬仞，一澗沿崖壁流下峰底，形成約一百多米的泉，山上名木古樹，鬱鬱蔥蔥。由於山勢險峻，儘管登山道兩邊有鐵鍊防護，還是有不少遊客望而卻步，擔心體力不支中途返回，我們一行中也有近一半走到半山腰便下了山。我和高關中先生，新加坡作家林錦先生相伴登上了山頂。一路上俯瞰山下的九曲溪，每一處都是別樣的畫。不同景色、不同情致，拍照、留影，興致勃勃，使我們流連忘返。

在享受了天遊峰的一頓美景大餐後，便隨著遊客下山，下山道是一條石塊鋪築的蜿蜒、平緩的小路，不多遠便有幾道臺階。我和高記者、林作家並排走著，一邊欣賞武夷山的美景，一邊聽高記者介紹武夷山的歷史。高先生是一位資深記者，曾到過一百多個國家旅遊、採訪，不但瞭解每個國家、民族的習俗、風情，還曉天文、識地理，無論你提問什麼，他沒有不知道的，尤其說到中國各地的名勝古跡，竟如同背家書。我們一邊走、一邊聽高記者講武夷山的故事，他說：「相傳武夷山開山祖師是彭祖，他有兩個兒子彭武、彭夷。傳說，遠古時代洪水氾濫，民不聊生。彭祖常年開山治水有功，活到八百歲，上天成仙。彭武、彭夷繼承父業，在這裡開山鑿石，挖了一條河道，排除了洪水。他們挖的就是九曲溪，而彭武、彭夷兩人的名字也就成了武夷山名的來源。」高記者邊走邊說，走到下臺階的地方，突然一個趔趄栽了下去，跌倒在山道上。我和林先生慌忙上去攙扶，只見高記者右手磕出了血，臉上有血印，左膝蓋也碰破了。我從衣兜裡掏出一疊餐巾紙幫他擦血、包紮。幾個遊客也前來幫忙，並且高喊：「有人摔傷了，哪個帶著包紮傷口的東西？」，喊聲響在幽靜的山道上，從前傳到後，又從後傳到前。最先趕來的是一對年輕情侶，他們遞來幾塊創可貼，接著一位老者從背包裡掏出一卷棉紗。包紮好左拇指和額頭上的傷口後，又卷起受傷左腿的褲管，只見膝蓋上有血泡。正束手無策時，後邊走來兩個拄著手杖的中年婦女，遞上一瓶紅花油，我打開還沒啟封的瓶蓋，用棉紗蘸著藥水輕輕塗在青包上及周圍。處理好傷口，又稍休息了一會兒，我們把高記者扶起，撿起那副只剩下一個鏡片的眼鏡。高記者戴上風趣地說：「一隻眼比兩隻聚光。」。這時已是夕陽西下，一陣微帶涼意的風從身旁吹過，吹去了適才緊張的心情。高記者對我和林作家說：「這次武夷山之旅，讓我感受最深的不是山上的風光，而是來自祖國各地遊客的愛心。人與人可以不相識，但愛的心卻是相通的。正如鼓浪嶼那個民間藝人吹的那支歌：「五十六個星座，五十六枝花／五十六個民族兄弟姐妹是一家……」

在飛機上

這次世華作家交流協會廈門采風團，在日程安排上還有很重要的一項，即乘飛機到武夷山觀光。廈門在閩南，武夷山在閩北，兩地相隔1000多里，這是我平生第一次乘坐飛機，以前未曾乘坐飛機的原因有二：一是我自下崗後靠擺地攤賣鞋謀生，深知錢來的不易，花錢要節儉；二是近年來媒體經常報道一些飛機從天空墜下的消息，弄得心裡怕怕的。這次隨團一塊兒乘飛機去武夷山，實乃不得已。

從廈門到武夷山飛行約1小時，我與德華媒體記者高關中坐一起。「空姐」遞上來兩本雜誌，都是些看膩了的東西。平時身居大陸內地，很少與外國人交流，於是，我向他詢問了德國人的日常生活。我問他在德國一個月掙多少工資？是低收入還是中等？他說每月退休金一千幾百歐元（1歐元折合人民幣6元多），但德國物價貴，屬中等。我問他有醫保嗎？他說職工每月需繳納工資的6%，單位也交這麼多，退休者另有規定，這樣無論大病、小病，花多少全由醫保承擔。每份藥交5歐元就行了，我又問他家裡住房怎樣？他從衣兜裡掏出平板，把他家房子的照片讓我看，照片上是一棟坐落在德國漢堡郊外的小樓，兩家分住，周圍是籬笆似的柵欄和綠色草坪。我說怎麼沒安裝防盜網？他說德國的家庭一般都不安，儘管那裡也有小偷，但很少。我又問德國的窮人住什麼房子？他說大多住公寓。

在從武夷山返回廈門的飛機上，我與澳州新報主編張奧列坐在一起。我又向張奧列主編提了一些我平常不解與關注的問題。我問他澳大利亞有左派和右派嗎？張奧列說凡是有人群的地方都分左中右。我說中國左派和右派之間的矛盾常常是血與火的，您們那裡的左派、右派是一種什麼樣的關係？他說澳大利亞的左派和右派並非固定不變的，他們會在不同的時間不同的問題上不斷變化，今天這個是左派，明天或許就是右派。無論哪派在競選時為了討好選民都說的很好聽，許下許多願，但，一旦當選就會變成富有階級的傀儡，其他的黨派又會團結起來監督他，指出其缺點、錯誤，直至將其彈劾、下臺。各派在議會大廳即使爭得面紅耳赤，出了門依然是朋友，甚至一塊兒喝茶、吃飯。就像什麼事情也沒發生。

從未走出過國門的我，由於參加了這次世界華文作家廈門采風，有幸結識了一些僑居海外的作家，他們見多識廣，使我大開眼界，學習了不少知識。這些知識不僅僅是文學、文化、歷史，還有政治、經濟。我便記下了。

❀ 姚茵

姚茵，女，出生於上海。畢業於美國哥倫比亞大學醫學遺傳學，獲博士學位。長期從事精神病發病機制的研究，目前在美國國立精神衛生研究所任獨立研究員。曾於紐約哥倫比亞大學學習小說和電影劇本的創作。發表過長篇小說《歸夢》、《新留守女士》，中篇小說《憂鬱男手記》、《過把癮》、《缺陷》及中英文短篇小說數篇。其英文短篇小說Defection被選入DoubleDay出版的美國亞裔性文化小說專輯On a Bed of Rice。該小說的主題是討論北美華人對自我身分的追尋，被加利福尼亞大學的Russell梁教授選為英語原創寫作課教材。姚茵目前居住於美國馬里蘭州，在研究精神分裂症、強迫症和自閉症等精神性疾患的生物機制之餘，積極從事中英文寫作，在2014年加入了「世界華文作家交流協會」。從2015年開始雙語詩歌創作。

歸鳥

學期結束前，本接到Lily的電郵：「親愛的本，你能不能把我的分數選擇從打分改成及格或者不及格？我不需要這個分數，修著玩的。等學期結束，我會想你的。」她提到她的夢想是當個電影導演。本回覆道：如果她真的成為電影導演，他會因為認識她而感到幸運。

學期結束後，本約她出去看張藝謀的《我的父親母親》。看完片子，本問起她的感覺。她說：「張藝謀導演特別有才的。但這個電影嗎，可能是劇本的問題。」

本淺笑一下，道：「這雖然不是個深刻的電影。但還很看下去。你的品味很高啊！」

他們在近中央公園的地鐵站等車，車很久沒來。她朝一個正在拉二胡的中國男人腳下的盒子裡扔了幾個硬幣。

「這個曲子很好聽啊。」本說。

她說：「他拉的曲子叫《相望》。有點悲傷。」

「打動人的曲子總會有點悲傷。昨天我要去獻血。」本說：「時代不同了。他們讓你做各種各樣的化驗，還問你一堆涉及隱私的問題。」

「隱私啊？」她猜到本在暗示什麼，臉上作出櫻桃小丸子般的單純。他們上了地鐵。本從皮夾克的口袋裡掏出一個發黃的小本子。他把本子遞到她的手裡。「這是我年輕時寫的詩歌。你想看看嗎？」

「好的。」她收下了。在一百十六街下去了，向本揮手道別。

幾周後，本突然迷上了騎摩托車。每個黃昏從家附近的街道上遛一圈。一天，他在哥倫比亞大學的門口撞見Lily，便問她是否願意坐在摩托車的後面，她的耳環晃了幾下：「好。」

他載著她，從一百二十街開到一百八十街。

「感覺好嗎？」

「很好。我想去看看你的公寓。」她說。

他們面對面地坐著，略有點悶。本突然站起身來，到廚房給她泡了紅茶。

「你戴耳環看著很靚。以前為什麼不戴？」

「這種事，隨心吧。」

「我們要不要挪到沙發上去？」他問。

「沙發很硬！是從大街上撿的嗎？」

「是。我愛回收，為綠色世界做出貢獻。」他用指關節壓一下她的鼻子。

「什麼都可以回收，就是愛情不能。為什麼不把牆上的照片取下來呢？」

「我還沒有準備好。」他說完，便吻起她的眼睛來。「這可是校章上是不允許的。」他邊吻邊說。

「你早就不是我的教員了。」

他把她壓在身下，問：「你在那裡待的還舒服嗎？」

「還好。」她說。

「你覺得，我的詩歌行嗎？或者有些乏味嗎？」

「還好。那個女的在瞪著我呢。那個牆上的。她叫什麼？」

「叫莎莉。」本傑明口齒不清地告訴她，前女友莎莉是英國種。她的母親生了四個孩子，幾乎是父親泄欲的工具。她母親過世後，父親一直找不到工作。莎莉和三個姐妹是領救濟金長大的。本一直都知道，莎莉是有點喜歡女孩子的。但本並不在乎。他拿著電腦編程員的薪水過日子，希望可以幫莎莉實現當文學家的夢想。他們曾經過得開心。可莎莉拿到文學博士後就離開了。本說：他不明白一段美麗的關係竟會這麼脆弱？

Lily說：「如果我是你，我不會太傷感。至少，搶走她的是個女人。女人可以給她你不能給的東西。」

本道：「嗯。你是ABC，就是在美國出生的華人，對嗎？」

「對，我是ABC。你呢？」她問。

「我的父母是越南華僑，所以，應該也算是華人吧？」本說。他對談論自己的根似乎沒多大興趣。

「必須說她不難看。」

「是很不難看。這張一般，她的五官不夠清楚。順便說，我們再來一圈吧。」他把她搬到他的上面。「你需要手銬嗎？莎莉只有在被戴上手銬時才會那個的！」他突然問。

「不，我不要！」她尖叫了一聲。

「對不起，我知道每個人都不一樣的。」他有點窘。他們頻繁地交換體位。她比莎莉主動的多，肢體的挪動有節奏感。

「你肯不肯跟我去中國，看一個地方叫武夷山的？」他們歇息時，她問。

「為什麼去那裡？」

「那裡可能藏著神仙。」她說。「神仙？也許我到了要會神仙的年齡。」他似笑非笑地說。

暑期快結束的時候，他們從肯尼迪機場坐飛機到上海，然後直飛廈門。

「鼓浪嶼總是要去的吧？那裡有很多老式的洋房和有趣的店。」她笑著說。他們在鼓浪嶼選了一個叫「花堂」的客棧，放下他們的行李。他們在擁擠的福州路上走了很久，身邊的人流如移動中的輸送帶一般。他們覺得累了，也餓了。「我們去趙小姐的店吧！」她的聲音裡有種期待。「隨你。」本聳聳肩，說這裡有點像青年版的迪士尼。「我感覺自己有點老。」他說。

她在店裡買了鳳梨酥和紅豆餅。本說只喜歡紅豆餅。經過「湯米男孩」店時，他們要了兩杯咖啡。本說這裡的咖啡比星巴克還貴。「不過，小屋蠻有意思。」他說。

晚上，他們睡在一張窄小的床上，身子不敢輕易動。本瞅著房頂，說自己感到壓抑。

「明天你就會好。我們去爬山，也許會遇見神仙！」她說。

「我倒是希望有這個運氣。」

在朦朧的晨霧裡，他們登上去武夷山的飛機。飛機看上去很新。起飛的時間略為延遲。他們在機艙裡等。紫色的光令她浮想聯翩。她在他的耳邊說，他們要去一個峽谷，裡面有個景點叫「一線天。」

本問起她關於「一線天」的定義，她說：「等見了，你就懂了。」

到了武夷山，他們在一個近景區的客棧過了一夜。那個房間的頂比鼓浪嶼的更低。她企圖吻他的唇，本卻轉過身去，說：「我好像感冒了。最好不要傳給你。」

「那你明天還去追神仙嗎？」她問。

「追是不敢的。會陪你去看看。」

那個中午，他們先去一個離景點較近的茶店品嘗當地產的茶葉。「品茶是很好玩的事情。」她對本說。店主見有說著洋文的客人光顧，臉上生輝。他先用紫茶壺泡了滇紅，還給兩位身上帶著新鮮氣味的客人切了一小碟的蜜餞。

「我是拿一百度的開水給你們泡茶的。這是滇紅，你告訴他！」店主笑吟吟地對Lily說。Lily皺皺眉頭，沒有翻譯，叫店主儘管拿好茶出來讓他們品嘗。

本把手裡的杯子用手指轉了幾圈，品了一口。眉頭微皺。他說那滇紅的味道有點苦。店主便泡了一種叫正山紅茶的。本說他以前在紐約的歐式茶店裡喝到過這種茶。但覺得在這裡的茶更清甜。

她品大紅袍時，覺得口味太沖，連嗆了幾口。「這不是真正的大紅袍。」她對著店主吼。本被她的吼聲驚到，抱歉地對店主笑笑，向他買了一盒正山小種。

登山前，他對Lily說：「你剛才是喝醉了嗎？變得那麼兇悍。原來茶也能醉人。」她笑了。

在峽谷裡，本第一次看到這景：山崖間，數塊岩石猛然向外延伸，本只能俯首側身地走過。他頓然明白了「一線天」三個字的來由。

「我們往上走吧。這裡好像沒有什麼神仙！」她的臉上寫著一種失望。

她上移幾步，往回看：「你這麼慢？不是跑過好幾次紐約馬拉松的嗎？」

他一步三停。她卻兀自向上走。快到頂時，她才想起他來。她回頭看，不見他的蹤影，「本……」。她只聽見自己的回聲。

走過她身邊的一個年輕人說，他看見一個中年的亞裔男人剛才往下倒爬，後來在一塊石頭上歇息。她飛快地走下去了。本躺在一塊石頭上輕輕喘息，眼皮泛白，像一條被捕上岸的魚。

「你還好嗎？」

「覺得胸口悶。」

「你有心臟病嗎？」

「以前沒有。」

「我陪著你。」她把瓶裡剩下的礦泉水灑在他的臉上。

本慢慢坐起來，說自己可以走，但依然面色蒼白。他們走得極慢。本走出山洞時，太陽下山了，天空的臉掛著一層灰暗的心事。

「你喜歡跟我在一起嗎？」晚餐前，他在旅館躺了一會兒，洗澡，然後換上一件乾淨的白襯衣。

她說：「我喜歡你的樣子，眼睛裡有魚的悲哀，手臂動起來有鳥的活力。」他沒有說話。

回紐約後，本跟醫生說起他在「一線天」的經歷。醫生讓他做了心臟張力試驗。在踩踏板的時候，他感到極度的累。心臟張力試驗卻顯示一切正常。他告訴了Lily。她說最近功課忙，等有時間會去找他。

初春，Lily在《紐約時報》上看見本的照片，黑髮蓬亂，手裡舉著一個被電腦程序控制的手。照片下的小字寫到：本的目標是讓那隻手達到名醫做手術般的精確。他臉上的線條溫柔無比。她馬上約他到匈牙利糕餅店吃夜宵。

她說自己也想早點畢業，然後去武夷山拍個關於女性的電影。

「你會離開很久嗎？」他問。

「幾年吧！」

「夠久的。這樣好。我也想開始找一個真正的女友了。」

「本，我一直想對你說，你原本是一隻鳥。遇見莎莉，就成了一條魚，因為她是溪水。」

初秋，本終於獲得博士學位，他受到一個老朋友的邀請，專門為人工心臟的安裝步驟的調控寫程序。公司的生意漸漸穩定。本在這個小公司當了副總管。

Lily從大陸回紐約，拍了一個關於大陸八零後女同性戀生活的電影，口碑不錯，但沒賺到錢。她邀請本參加了宣傳活動。

在蘇荷區一個餐廳的院子裡，本恭賀了她。但她對自己的前程卻並不看好。「藝術家是要養著的。我不要被養。」

他問：「那以後我們算什麼？」

「我們保持朋友關係！」她說。

他苦笑了一下，問「你是不是在大陸愛上了某個女生？」

她搖頭說：「不是。只是不確定！」

他問：「對什麼不確定？」

「對一切都不！」

本點點頭說：「是。我畢竟大你很多。背著一個感情上的行李。」她無語地望著他。

夏天，Lily穿著極短的薄裙出現在本的住宅附近。她的頭髮長了，瀑布般的浪漫。她依舊記得公寓的門號，卻忘了街名。她在那裡轉了很久，看不到他那頎秀的身影。她給他發了幾個電子郵件，沒有收到回覆。一定是自己刺傷了他！她想，這也許算個不錯的收梢？

半年後，Lilly又到了武夷山，在商業街上「老縱世家茶店」的對面開了一個小店，賣自己設計的禮品，包括她拍的視頻。4月初，本給她發了微信，說他要來武夷山。

武夷山的天空是蔚藍的，空氣在頃刻間洗淨本的喉管裡帶有紐約簽字的灰塵。他顯得很興奮，她帶本在街上散步。本說：「我離開了原來的公司。開了自己的，用編程設計動漫廣告。」

「我們都很有商業頭腦啊。」她看著地上的一隻鳥，笑著。

「你還沒忘記紐約吧？」他也欣賞著那隻姿態高昂的鳥。

「有些記憶是永恆的！」

本說：「晚上我請你吃飯。地方由你選。」

「選麥當勞吧？」鎖骨在她瘦嶙嶙的胸前閃著光。

「武夷山也有麥當勞？」本的眼睛轉了幾圈。

「這裡有新一代的東方人。剛才跟你說著玩的。我們去吃當地的土菜。」

這家土菜店很擁擠。他們等了三十多分鐘才坐下。她興致很高，連著點了三個菜：麻辣香鍋、九曲溪魚和土筍凍。本對著麻辣過猛吃幾口，被辣到忘記自己身處哪個宇宙。坐在他們旁邊的是個背上留著根辮子的西洋男人，他用粗短的食指和拇指夾著煙，小口地抽，像是滋味無窮的樣子。

「那人有意思。面孔看著像東方人，動作卻完全是西式的。」她說。

「對。我也注意到他了。大概是個藝術家！」本說完，又轉了個話題：「對我說說你的家人好嗎？比如你的父親和母親！」

「其實我不是出生在美國的。我媽是福建鄉下人。我三歲那年，父親在一個工地上幹活死了。後來，家裡常有男人進出。」她說。

「後來呢？」

「她嫁給一個到我們家鄉探親的福建籍老人，到了美國。那人有政府給的養老金。六歲那年，她派人來把我接到美國讀小學。那男人已經老的做不動工。家用不夠，她就出去做工了。後來她跟那人離婚了，自己去了加州賭城。」她的鼻子開始作響。

「聽上去很不幸。你哭了？」本看了她一眼。

「沒哭，我有輕度的鼻炎。她把我托給一對朋友夫婦。她常來信，說你要讀書。要學會謀生的本事。」

「那你一直沒多跟她聯繫？」

「她在賭場當發牌員。找她很累。她跟很多的男人拿過錢，然後把錢寄給我。她好像不太想見我。我高中上了寄宿學校。那時候就開始喜歡電影。」

「你為什麼對我說你是在美國出生的呢？」本問。

「那天你以為我是ABC。我突然希望我是。謊言像煙霧從腦子裡冒出來，你把它吸了進去。」

「你喜歡我的什麼呢？」他問。

「大概是你的不確定感。你像一個在機場等飛機的人，總在起始地和目的地之間。」

本說：「我確實有點像個等飛機的人。也許你就是我起飛的跑道。你以後打算做什麼？」

「想在這裡住一陣，沾一點武夷山的仙氣，或許最終會見到神仙。然後回美國看媽媽。我對不起我媽。她想讓我讀會計。可我常常逃學。後來我自己當模特賺錢。她更不開心。她幾年前出了車禍，被送進療養中心，靠鼻飼管餵食。我很少去看她。」

「為什麼？」

「那裡很悶。我每次一進去就想離開。」她說。

「紐約的空氣本來也不怎麼樣。我們去旅館吧！」他說。

他們擠在一個窄窄的床上，兩個脖子靠著一個枕頭。

「你認真地抱我一會兒，看你能堅持多久？」她說。

他小心地把她放到手裡，怕她的身體從他的手裡滑出去。「我就睡在你手上吧！」她說。最後他堅持不住了，把她放到床上。「我們是要在肉體和精神之間穿梭嗎？」她問道。

早上，陽光射進了窗戶。他們對視著，幾乎都想不起來昨晚的細節。

「你和別的男人有過成功的高潮嗎？」他突然問？

「跟不同的人，高潮的感覺是不同的。」她說。

本說：「嗯。一起吃個早飯吧。」

當她把一個綠蘋果咬得只剩下一個核時。她說：「我要走了。」

他說：「隨時到紐約來找我。」

「我會的。」她麻利地消失了。

兩年後，她出現在本的公司裡，地點在下城蘇荷區。她把一袋速凍的竹筍凍給了本。「請給我一個工作吧？我把媽媽從加州的養老院移到紐約來了。」

本的下巴上蓄著一撮嫩鬍子，笑盈盈地說：「我們一起去看她。」

她母親住的是876號。門號旁邊標著一個「清」字。

本在房間裡看見一個面無表情的清秀女人。「媽！」她的聲音如小女孩一般清澈。女人的眼神不變。Lily不停地揉著她的右肩。

「她知道到你來了。」本說。

「你確信？我知道，如果沒有我，也許她不會過的那麼慘。」她說。他們坐電梯下樓。電梯口貼著一張餐巾紙，上面畫著一個圓臉上的橘色微笑。

談妥了工資後，Lily為本的公司設計廣告。她用軟件做出生動的彩色小龍在洗衣機的蓋子上跳來跳去。

「你對顏色的敏感還沒有體現出來。」本走過她的身邊，把手壓在她肩上。

「我知道我在做什麼，你別干預。」她連著設計了五個動態廣告。本採用了兩個，成功地把它們賣了出去。

週六的晚上，他們去中國城去吃火鍋。「你搬進來一起吧。」他說。「你很吸引我。」

「你覺得，我們可以長期吸引對方嗎？」

「你從來沒有跟男人一起住過嗎？」

「沒有。」

「那麼我們就給彼此一個機會？」

在她搬進去的那天，本說：「以後我來打掃廚房。你做飯。這樣算公平嗎？」

她笑。

她從網上偷了幾個東西合璧的菜譜。自己也構思了幾個。吞拿魚配土筍凍是她的得意之作。她不告訴本土筍凍是用蟲子做的。她騙他說土筍凍是用福建的稀有水果做成的果凍。他從來沒有懷疑過她的說法，總吃得津津有味。

接下來，本接到很多的廣告製作訂單。他不再打掃廚房；他們的洗手間溢滿硫化氫分子的氣息。

周日，她洗完澡，頭髮滑滴滴的。她穿上一件黑襯衣和溜細的牛仔褲，說想去現代藝術館看個展覽。本突然從床上跳了起來，用一條領帶拽住她的脖子。「留下，讓我們好好玩一下。」他把她的胳膊捆了起來，他們的肢體交錯著，提嘗了一點貼切的樂。

廚房裡，在煮牛肉羅宋湯的時候，她感到自己的身體裡長了個物。一個月後，她在一個叫「愛」的藥店買了測懷孕的試劑。結果呈陽性。

「是該走的日子了。我接了一個活。是幫一個有名的編劇擴寫劇本。她比我有才，我甘願為她服務。」當他們躺在床上的時候，她閉著眼說。

「那種生活沒有安全感的。」本說。

「我不要安全感。我想逃離。我總被一隻手拷鎖住了。那天媽上班去了，他把我綁了起來，用一壺涼水從我的頭上沖下來，逼著我撒尿，我不從，他把我的一隻手上了手銬，用我的另一隻手碰他的全身。我掙扎，他把我打到地上。我就，濕了地板。」

「你為什麼不去告他？」本問。

「我不想讓媽知道。」

「那你就永遠活在過去嗎？」

「不會的。我想要孩子。經歷一個做母親的過程。」

「是嗎？我對結婚生子的事情有懷疑。這個世界是被扭曲的，我們都在裝著理解生活！」本說。在黃昏的光裡，她的眼神顯得蒼老。

清晨，她提著一個棕色皮箱出去，兩天後飛到了武夷山。她在山裡租了一個房間，每天和山民吃一樣的飯菜。山民們看到：她的腹部微微隆起。

有一天，她到九曲溪坐竹筏。她的思緒如溪水般地流。她突然非常想念本。腳下的溪水裡現出一張臉，上額寬，下頜窄，眼眉清秀。

她在網上查他的名字。她記得，本博士畢業的時候，他的導師把本登在《紐約時報》上的照片放在他自己的網站上。她很想再看一眼本臉上的線條。那張照片還放著，照片的周邊鑲了一圈白色的小花。照片的下面，寫著一段話。本在幾個月前突感胸口發悶，被同事送到醫院的急診室。醫生說他有心包積水，並向他的父母發了病危通知書。胸科醫生發現本心臟裡的一根動脈斷了，血不停地湧出來。當積液被抽盡時，他對著導師和家人笑。隨後又現氣急狀。檢驗科的護士送來報告，說在積液裡找到了癌細胞。醫生停止抽液。肝功能衰竭，腎也停止運作。死亡報告的病因欄裡寫著「胸腺癌」。

她的淚水從眼角湧出，在下半個臉上畫出一塊沼澤地。她突然倒在地上，她的腹部劇烈地痛著。

Lily躺在武夷山的產院裡。一個女醫師沉著地把她的肚皮剖開。散開了的內臟扭曲著，像莫奈畫裡的水蓮。她頻頻尖叫著，肚子裡的水洶湧起來；被粘液裹住脖子的嬰兒，魚一般地躍了出來，大哭。

Lily穿著一條寬大的牛仔褲，抱著嬰兒在山間行走，上身裹著素綠的綢緞披肩，上面繡著幾朵白花。她像是一棵早熟的樹，尚未開花，便結了果兒。

她抱著果兒下山，突來的山雨打濕了她的頭髮，她抬眼望去，見天空有雲軒駛過。一串黑物掉進身邊的水溝；那是一付被遺棄的手銬。恍然間，雲車消失了。她突然明白了，她就是一個福建人的女兒！果兒有她一半的基因。基因是會傳下去的。

辛鏞

辛鏞，男，工學碩士，現為中國傳記文學學會會員、世界華文作家交流協會會員、汕頭市現代人詩歌協會秘書長。

自1998年開始發表作品，在《中國報告文學》、《羊城晚報》、《汕頭日報》及泰國《東亞日報》、新西蘭《先驅報》等多家刊物上發表作品一百多篇。先後獲國際潮人文學獎榮譽獎、全國優秀短篇報告文學一等獎、省教育協會年會論文一等獎等各類獎項30多個。2010年出版散文集《綠葉集》。2015年出版長篇小說《海邦剩馥》和散文集《梧桐遐思》。

同安探古

青石板鋪成的小道，高高低低，彎彎曲曲，伸向遠方，彷彿歲月長卷中一條模糊的縫隙。

細細觀察，石板顏色也很多，青色的，純潔無暇，青中帶黑的，還有青，帶一些清新的翠綠。它們是繁華與寂寞的見證者。

小道兩旁是灰磚砌就的矮牆，光陰荏苒，使得原本光滑的牆面也斑斑駁駁的，倍顯滄桑。

一隻破舊的籐椅，椅子上端坐的閉目養神的老翁，老翁身邊靜臥著看家的黃狗。時間凝固成一幅靜謐的畫面。

這就是同安，見證世態風雲的一座古城，展示千年歷史的一個座標。

滄桑古樸的小城

同安，位於福建省廈（門）、漳（州）、泉（州）「金三角」中心地帶，北靠安溪，東連南安，西接長泰，東南隔海與金門島相望。是臺灣海峽西岸漫長曲折的海岸線上一顆璀璨耀眼的明珠。

同安境內多山，雲頂山、北辰山、蓮花山，一座座山脈蜿蜒穿越其間。大自然的鬼斧神工，在這片土地上塑造了星羅棋佈的峰嶺，縱橫交錯的溪渠。一處處秀麗的自然景觀，是珍貴的旅遊資源。

2015年4月，應廈門福佳斯集團董事長黃添福先生之邀，世界華文作家交流協會一行十六人，在黃心水秘書長的帶領下，從四大洲六個國家出發，跨越千山萬水，相聚到同安，采風交流，以文會友。

同安，對於我是個熟悉而陌生的地方。十年前，因赴廈門大學參加學術會議，我曾造訪這座小城。十年後，再次與「老朋友」相遇。紅塵滾滾，鬥轉星移，在它身上留下了滄桑的痕跡，也沉澱了古樸內斂的美。

這種古樸內斂的美，存在於小城的角落裡，存在於生活的點滴中。推開某一扇破舊的木板門，「吱呀吱呀」的聲音是歲月的迴響。屋簷下曾經驚豔絕倫的朱漆雕樑畫棟，化做木頭上的一層層灰塵，展示著時光的深刻，留在記憶的長河裡。昏暗的屋內，一位年邁的老婦手中拿捏著針線，慢慢縫合著懷中的衣衫。也許多年以前就是這般景象了，衣衫上細細的褶皺才會慢慢爬上她光潔的額頭，於是，她從一位妙齡女子變成一為滿頭銀絲的老婦。

如果要用一個詞來概括同安的特色，我想應該是「古老」。黃昏時候，夕陽斜照，漫步於一座座老宅子之間，放眼望去，惚間以為穿越了時空隧道，舊時的街景一一縱橫呈現。石板鋪的路，石板鋪的橋，石板砌成的柱子，全都罩上了一層昏黃的色調。三三兩兩的老人家坐在石階上，用古井無波的眼神，打量著過往的光影，讓夕陽照耀著一把把老骨頭，感到很享受，很祥和安寧。

這就是同安唯一的、不可複製的「古典美」，包含著先人非凡的智慧和巨大的辛勞，給後人以心靈的震撼和思古的幽情。現代的技術可以複製出一座座外觀極其相似的「假古董」，卻無法塑造它古樸的靈魂。只有真正的古物，內斂光陰的力量，有養耳的寂靜，有養眼的清疏，才能讓人觸摸到歲月蒼涼的脈搏。

文化鼎盛的歷史

同安有著悠久的歷史。西晉太康三年（西元282年）置縣，不久廢。唐貞元十九年（803年）析南安4鄉置大同場，為縣之前身。五代後唐長興四年（933年）復置同安縣，轄3鄉11里。包括今廈門市、同安縣、金門縣等地。

歷史上，同安人才輩出，科技巨匠蘇頌、理學名宦林希元、一代直臣洪朝選、民族英雄陳化成都是同安鄉親。近代以來，語言大師盧戇章、曠世奇才辜鴻銘、華僑旗幟陳嘉庚、婦產科專家林巧稚等鄉賢，在各自的領域取得輝煌的成就，使家鄉贏得「海濱鄒魯之地、聲名文物之邦」的美譽。

同安也是著名的僑鄉。明清以來，因戰火、饑荒等天災人禍，同安人被迫背井離鄉，橫渡海峽，到異地謀生。同安成為臺胞的祖源地，與金門、台島等地有著緊密的血緣、地緣、史緣、神緣聯繫。

最能體現同安久遠歷史的地方應數梵天寺。藉著宜人的春色，采風團一行也造訪了這座古剎。梵天寺在同安東北里許的大輪山南麓，原名興教寺，創建於隋代開皇元年（581），比聞名遐邇的南普陀早建300多年，是福建地區最古老的寺廟之一。這裡原有庵堂七十二所，宋熙寧二年（1069）合為一區，賜名「梵天禪寺」。

千百年來，古剎歷經興廢，文化大革命時被破壞殆盡，上世紀末開始原貌複建，至今已是道場重光，香火鼎盛，倍勝往昔。

漫步蓮社，進可以問禪，退可以洗心。人間煙火與佛門清靜竟然如此親近。倏忽陰晴皆一笑，滄桑世事久忘機。

耳畔忽聞梵音嫋嫋，細聽之下乃是咿呀誦經。原來，大雄寶殿中正在擊鼓熏香做法事。僧侶、施主們低眉順眼，隨佛音虔誠叩拜。一起一落間，寄託多少夙願，遠離幾許紛爭。

大殿之前，有中國佛教協會原會長趙朴初先生書寫的楹聯：「梵行莊嚴廣直德本，天人歸仰常轉法輪」。這些字古拙神韻，縱橫紋理，令人生髮幽遠寂曠之遐想，勃動散放恬淡之逸興，勾起平和溫馨之閒情，如此境界，似顯文采風流，書卷韻致。

我想，山水之美，在於自然景色，更在於人文歷史。宋人趙抃在其〈次韻範師道龍圖三首〉詩中吟道：「可惜湖山天下好，十分風景屬僧家。」一座座古寺古建築，是中國傳統文化深層積澱的土壤，配合迤邐的自然風光，才能凝聚審美精神，給人以美的啟迪和享受。

天人合一的典範

同安境內保存有大量的閩南古民居，均由近百年的歷史。這些特色鮮明的民居，堪稱是中國「天人合一」哲學思想的典範。

如果說江南一帶水鄉民居是白牆黑瓦，閩南民居則是「紅磚灰石」，兩者形成了鮮明的地域上的對比。其構造和裝飾的最大特點是牆石混砌，即「出磚入石」，白色花崗岩與紅色清水磚在質地和色彩上形成既和諧又對比的效果。

在上千年的歷史長河中，同安人、嶺南人都把心力投放在與大自然和諧相處上，這種努力也體現在民居的設計、建築中。一處處村居聚落，背山面水，前有池塘，後有丘陵，道路成田字形布局與中國傳統的「天圓地方」的審美取向相關，體現了莊子「天地與我並生，而萬物與我為一」的境界。

民居的建築材料也就地取材，石基生土空鬥磚牆，木為主構架，青瓦為蓋，與青山綠水、自然環境有機地融為一體形成了一個小小的與自然和諧共處的生態系統。

樸素厚重夯土牆，構件上重材質、重用途，突出山牆彩帶和院落入口修飾，使之既有均衡、靜態、穩定的自然古樸原始美，又有突出、誇張和粗獷的人工美，體現道家的「無為而無不為」中的「無為」境地。

同安人就是這樣祖祖輩輩，永不中斷地在生產與生活實踐中，把自然科學與人文哲學有機地結合在一起，並傳給自己一代又一代的兒女。

今天，同安的幾千間古民居內，仍然居住著數萬人口。這些宅子房子掩映於滿城春色中，它們不是死滅的古代遺跡，不是單純的自然景觀，也不單純是外人眼中的藝術品。它就在那裡，它活著、運作著、美麗著……

我感歎先人的天才創造。他們的所有活動都不是在做藝術，而是為生產和生活奔忙。但它的結果卻是留下了藝術，更偉大的是留下了天人合一的傑作。可以說，閩南古民居是人與大自然和諧相處的結晶，也是文化與自然巧妙結合的產物。先人把他們偉大的智慧鐫刻在了紅磚灰石之上，成為後代兒孫的驕傲和榮耀！

同安人的期盼

在同安一些比較偏遠的鄉村，至今仍保留有古老的田耕勞作方式。如水車灌溉、驢馬拉磨、老牛碾穀、木機織布、手推小車、石臼舂米、摘新茶、采菱藕、做豆腐、捉螃蟹、趕鴨群、牧牛羊等等，結合大自然的綠色環境，富有詩情畫意。

但是，隨著社會的發展變遷，這種延續千餘年的生產生活方式，連同這些古樸的房屋，都受到了巨大的衝擊，在急速消失中。

幾十年來，中國逐步從農業社會向工業社會轉變，大批文化素質相對較高的青壯年農民進城務工，致使原有村莊剩下的基本上是老弱病殘和婦女兒童，這是一種由於勞動力轉移而現成經濟意義上的「空心村」。由於勞動力流失，導致農村特別是遠郊地區的土地荒蕪無人耕作，各種農舍與傳統耕作工具也荒廢遺棄。采菱藕、做豆腐、捉螃蟹、趕鴨群、牧牛羊等傳統生產方式也變成懷舊娛樂項目，隨時面臨失傳的危險。

伴隨著城市化進程，農民工在城市裡打工掙錢後，不願意再回到農村。他們或是在城市購房定居，或在近郊及大路沿線買地建新房，導致交通不便的偏遠村莊記憶體在大量空閒宅基地和閒置土地，形成一種地理意義上的「空心」。兩種現象交織的空心村現象，給同安古縣的經濟發展和土地利用等帶來了嚴重的影響。

所幸的是，已經有越來越多的人意識到「空心村」帶來的危害。和采風團一行接觸、交流的同安人都認為，這個地方已經近乎完美地自在生存了一千多年，承載了世世代代的智慧和貢獻，承載了祖祖輩輩的光榮與艱辛。它不能被忽視、被拋棄。我們應該關愛它、保護它。因為保護這些，就是保護我們的歷史，保護我們的文明。

我們期盼並祝願同安有美好的未來！

梵天禪寺內庭院

武夷山訪水

迤邐群峰間，曲水繞其央。

一條清澈的九曲溪，從中國華東地區的最高峰——黃崗山發源，自西而東穿過武夷山地區。盈盈一水，折為九曲，如一條晶瑩的玉帶，串起奇峰怪石、青松翠竹；串起道南理窟、佛地洞天；串起岩茶飄香、石刻摩崖；串起悠揚棹歌、故事傳奇……

初見九曲溪，我震撼於山水相連的奇妙景觀。「曲曲山回轉，峰峰水抱流」是武夷山水完美結合的最好寫照。武夷山是老三紀紅色砂礫岩的分布區，是丹霞地貌中最奇特、最典型、最富代表性的景觀，山崖大都是呈現出紅色，所以叫「丹山」。若是站在高處鳥瞰，氣勢磅礴的岩峰，如旌旗招展；高低相錯的山巒，如萬馬奔騰。武夷山恰似一處密集型的盆景，濃縮了大自然的鬼斧神工。

如果說丹山是錚錚鐵骨，那碧水就是幽幽心靈。清澈碧綠的九曲溪盤繞在丹山之間，丹山和碧水就好像相親相愛的伴侶，在耳鬢廝磨，訴說著綿綿的情話。乘坐竹筏，泛舟曲水之中，抬頭可望山景，俯首能見魚翔，側耳可聽溪聲，垂手即觸清流。丹山碧水結合得如此完美無暇，呈現出一派南方的秀美和盈潤。

關於武夷山和九曲溪，有一個古老的神話傳說。唐堯時，彭祖率領族人來到閩北一帶居住，當時洪水氾濫，到處汪洋一片，民不聊生。彭祖的兩個兒子彭武和彭夷帶領大家挖河堆山，疏浚洪水，他倆所挖的河道就是九曲溪。人們為了紀念武、夷兩兄弟，就把此處的山脈稱為「武夷山」，並在九曲溪匯入崇陽溪的地方建造了武夷宮。神話傳說當然是虛構的，但透過故事，我們可以感受到遠古先人樸素的宇宙觀、對理想追求和大無畏的精神。

從空中遠眺，九曲溪呈「S」路線，將武夷群峰分為兩半，構成了一幅天然的太極圖。於是，此地也被道教尊奉為「三十六福地洞天」之一。秦漢以來，曆為方士羽客隱遁之所。武夷山各個峰、岩，都融入了道教文化不同程度的印記，武夷宮、止止庵等現存之宮觀，也是道教在該地的重要傳播之處。

一切皆因九曲溪，這片山脈連綿的地區才多了幾分秀美的神韻。武夷山被稱為「鳥的天堂」、「蛇的王國」、「昆蟲的世界」、「研究兩棲類爬行動物的鑰匙」、「世界生物之窗」。這裡保存了地球同緯度保存最完整、面積最大、最典型的中亞熱帶原生性森林生態系統。1987年和1992年，武夷山分別被聯合國教科文組織接納為世界「人與生物圈」保護區和「全球生物多樣性保護區」，1999年又被列入「世界自然與文化遺產名錄」。正是九曲溪長流不盡的碧水，孕育了這個生態原始、環境優美、資源豐富的天然生物寶庫。

初次到武夷，熱情的人們會告訴你，這是一片肥沃的土地，盛產豐富的作物——特別是茶葉。武夷茶有幾千年的歷史，早在商周時期，武夷茶就隨其「濮閩族」的君長，會盟伐紂時進獻給周武王。唐宋時，飲茶風氣盛行，武夷茶成為貢茶的一部分，共皇家與貴族享用。17世紀，武夷茶開始外銷，逐漸成為一些歐洲人日常必需的飲料，英國最早的茶葉文獻中的「Bohea」即為「武夷」之音譯。茶葉，被視為武夷山地區的資源和驕傲之一。然而，在我看來，此地最大的資源，正是水。有賴於水的滋潤，茶樹才能遍布于武夷三十六峰、九十九岩之間，點綴著、輝映著武夷的山山水水。

水是生命之源，也是文化之根。九曲溪被譽為武夷山的母親河，滋養了此地輝煌燦爛的文明。這裡既有高昂響亮的山歌，也有委婉動聽的戲曲。武夷山地區是閩劇的重要發祥地與流傳地之一。閩劇是現存唯一用福建方言演唱、念白的戲曲劇種，流行於閩中、閩東、閩北地區，並遠播到臺灣和東南亞各地，成為連結海內外同胞的一條脈絡根源。

長流的溪水哺育了一代又一代的山民，塑造著這塊土地的文化品格。於是，弄潮的漢子，把棹歌唱得那麼悠遠而凝重。連泛舟漫遊的朱熹和辛棄疾等文豪，也深受感染，留下了〈九曲棹歌〉、〈游武夷・作棹歌呈晦翁十首〉諸多不朽詩篇。

一直以為，有水的土地是靈動的，有水的家園是幸福的。水，是命脈，更是文脈。溪流，打造出一塊土地的自然面貌，也建構著這塊土地的文化特質。人們常說，「一方水土一方人

九曲溪盡頭供遊人離開竹筏處

文」，有土有水，是形成「人文」的文化基因。武夷山如此，何處不是如此。

告別九曲溪，正是夕陽西下時分。太陽把臉藏到了遠處的山脈身後，那天際間映現的絢麗的晚霞，將這裡的水、天、山染成一片金黃，在落日的餘暉裡，一切平靜而美好。風輕輕地吹過臉龐，捎來了茶香、花香、書卷香，都在微微濕潤的空氣中醞釀著。突然想起劉白羽先生的詩句：「武夷收盡人間美，願乘長風我再來」。期待我與這片山水有緣重逢。

林錦

林錦，原名林文錦，又署林景，華中師範大學文學博士，新加坡作家協會受邀理事，錫山文藝中心名譽理事。曾主編作協會刊《文學》、《錫山文藝》，編輯《微型小說季刊》等。

林錦從事寫作多年，作品以散文、散文詩、微型小說為主，也寫詩歌和評論，並從事新馬文學研究。已出版著作有散文集《園邊集》、《雞蛋花下》、《鄉間小路》；微型小說集《我不要勝利》、《春是用眼睛看的》、《搭車傳奇》、《零蛋老師》；學術論著《戰前五年新馬文學理論研究》，兒童文學《電話風波》（合集）。《林錦文集》被列為「東南亞華文文學大系新加坡卷」叢書之一。另編著《苗秀研究專集》等書。曾獲「新加坡羅步歌散文獎」首獎。微型小說《回家》榮獲2014年「首屆世界華文微型小說雙年獎」三等獎，並被新加坡新聞與藝術理事會委任機構將它攝製為微電影。

廈門武夷山之旅

旅程，四月

四月，你身在何處？
北向，離開赤道邊緣
三小時穿梭雲天
廈門，是你的驛站
生命的旅程
島國之外
你在廈門留下七天
久仰的文友
一起
跋涉山水，漫步城鄉

大夫第與福園

不是名山，不是勝水
紅磚灰瓦大夫第
農村的民居
默默
自清末民初
守著閩南翔安區
四合院庭院深深
百年滄桑
門前的那口古井
蓄著童年的喜悅
蔭庇著
黃家的子孫

大夫第的兒女
隨著時空轉移
有的背井離鄉
遠渡重洋
有的堅持留守
溫馨的家園

大夫第旁邊
長出一幢大房子
歐式三層豪宅「福園」
花草圍繞
鳥語花香
園林內的巨石
閃爍金字福園

福園，最現代
大夫第，最古色古香
屹立，相隔百年
兩代人的持家
見證
第三代的努力

鼓浪嶼

海浪拍擊堤岸發出鼓聲
激起白花花的千層浪
如詩如畫的音樂島
引來了過江如鯽的遊人

你來的時候
人，一船一船的人
上岸
沿著海邊走，或
穿街走巷
歐式風格的大小別墅之間

紅瓦磚牆靜在綠陰下
圍牆鐵欄裡
想當年
歐美日鐵蹄處處的領事館
深藏多少欺凌的故事

崢嶸，峭崖雄秀
參差
是日月關心的事
你的心情
悅耳琴聲牽引
湧到音樂島的鋼琴博物館

毓園外
聆聽萬嬰之母的故事
仰望遠方岩上
挺拔剛勁的鄭成功塑像
他面向波瀾壯闊的大海
身披盔甲，手按寶劍
他在
颱風不來
風平浪靜

鼇園

日軍侵略

不是扭曲的歷史

鼇園傲立

神洲大地

展現屠殺擄掠的事實

你來到集美村

瞻仰陳嘉庚，和他

抗日的愛國精神

鼇園的門廊

鏤刻中國偉大事蹟

陳嘉庚陵墓
高聳的解放紀念碑
肅然矗立園中央
指著蒼天
控訴
臺階的級數
象徵勇敢的八年抗戰
三年的勝利解放

陳嘉庚銅像
堅毅地立在「歸來堂」前
他偉大抗戰事業
在事蹟陳列館和故居
具體物象的憑弔
輻射
億萬人民的心願
民富，國強

馬塘村

村莊，生命的搖籃
在神話古國延綿萬里的江山
有多少個赤貧的村莊？
有多少個生命的搖籃？
馬塘村，誕生在廣袤裡的
一個偏僻山坳
一個三面群山環繞
貧瘠崎嶇的土地
也長出水果累累
漫坡遍野

馬塘村村民是魔術師？
破舊的民房
瞬間變成
紅瓦白牆
一棟棟別墅
踩泥路的日子
現在坐著轎車出入
這一家那一戶

同樣是藍天碧水
繁花綠樹
不同的是
它們圍繞著
現代化的大樓
敬老院最敬老
一切配備齊全
村民六十歲
便能免費住進養老
訪客都投於羨慕的目光
甯為馬塘人
在這裡安享晚年

天遊峰

武夷山
山巒起伏，山峰無數
你想到仙境一遊
毅然登上天遊峰

仰望
四百米的峰巔
山腳下兩種心情
登山，觸摸純藍的天？
靜坐，樹蔭下觀景？
那條盤繞的神梯

拉著
一串爬山的螞蟻

上山搬糖的心情
變成數千隻饞嘴螞蟻
腳和石級，慢慢
移。手和石欄
慢慢移
你在蜿蜒隊伍裡
只能仰望純藍的天
遠處的山巒
丹霞裸露
陡峭的奇岩異石
不能回頭，不能轉身
堅持，深綠淺綠在上面
隨風頻頻招手

提高，踏下
八百多級
四百米高的天遊峰
終於
踩在腳底
山崖下的綠水
婉婉轉轉的九曲

竹筏迎著水流
穿梭奇峰峭岩

下山的石板路
不陡，不窄
不必石欄攙扶
兩旁修林茂竹
上山下山
是個完整的旅程
是個滿足的信念

世界華文作家交流協會廈門采風團名單

名譽團長：黃添福（廈門銀成佳園房地產開發有限公司和福瑩貿易有限公司董事長）

團長：墨爾本黃玉液秘書長（心水）

副團長：中國林繼宗學術顧問（潮汕文學院院長）

團友：中國河北副秘書長張記書（國家一級作家）、澳洲張奧列副秘書長（澳洲新報主編）、馬來西亞朵拉副秘書長（資深作家暨畫家）、墨爾本婉冰中文秘書、新加坡艾禺中文秘書（新加坡作家協會副會長）、德國高關中公關、中國新疆楊菊清博士、香港秀實詩友（著名詩人、香港詩歌協會會長）、湖南曹志輝文友（國家一級作家）、德國倪娜文友（德華世界報主編）、河南王學忠詩友（中國著名詩人）、美國馬裡蘭州姚茵博士、廣東辛鏞文友（汕頭現代人詩歌協會秘書長）、新加坡林錦博士。

詩意廈門四月天

——世界華文交流協會廈門采風遊記

德國／倪娜

「你是一樹一樹的花開，是燕在梁間的呢喃，——你是愛，是暖，是希望，你是人間的四月天！」4月蒞臨廈門，讓人油然聯想到福建浪漫詩人林徽因和徐志摩的纏綿愛戀，還有這首著名的四月情詩。詩情畫意的廈門，讓來自6個國家，包括四大洲13個地區組成的16名作家在此相遇，多虧世界華文交流協會的顧問、廈門銀城佳園房地產開發有限公司和廈門市富瑩貿易有限公司董事長黃添福先生的傾情贊助，世界華文作家交流協會會長黃玉液先生極力促成的世界華文作家廈門采風活動，這裡不僅有愛，而且還有暖和希望，以華文書寫的華文作家，又是傳播和交流中華傳統文化的天使，懷著對祖國母親的赤誠之愛、對家鄉故里的思念眷顧之暖、對中國未來執著之期許，他們吟誦閩南山水，高歌翔安、同安新貌，盡興揮灑，各顯風姿，廈門之行，讓人難以忘懷。

全員合影

聆聽鼓浪嶼的韻律

鼓浪嶼聞名全國，以音樂島嶼享譽盛名。到了福建才知道，福建是人才薈萃之寶地，各界名人多得數不清，也是誕生文學家的搖籃。我國的文豪大家和詩人璀璨耀眼，在中國文學的星空中熠熠生輝。因有鼓浪嶼這樣詩情畫意的島嶼和海韻氛圍，才有林語堂、冰心、林徽因、舒婷等，留下膾炙人口的經典佳作，尤其朦朧詩人的代表人物舒婷和她的《致橡樹》，是詩人浪漫和鼓浪嶼韻律的最好詮釋，是木棉對橡樹愛的告白，我年輕時最喜愛的詩歌之一，至今留在記憶裡：

我必須是你近旁的一株木棉，
作為樹的形象和你站在一起。
根，緊握在地下；
葉，相觸在雲裡。
每一陣風過，
我們都互相致意，
這才是偉大的愛情，
堅貞就在這裡：
愛——
不僅愛你偉岸的身軀，
也愛你堅持的位置，
足下的土地。

正值豆蔻年華，對愛情還窘懂不識其味，但酷愛文學的我，更喜歡自由體朦朧詩的意境，喜愛上舒婷的詩一發不可收，她是我對愛情認識和理解的啟蒙者，不由自主地我也開始了寫詩，我的處女詩歌《綠色的底片》「留下一張儲存的底片，曝光出春天的綠。」就是一首愛情朦朧詩，1988年在當地日報副刊版上發表後，讓我從此走上寫作的不歸路，由自由體詩人開始了文學創作的作家夢之探索。從詩人到記者，又由主編到作家半輩子過去了仍然無怨無悔。

喜歡廈門其實是鼓浪嶼的意境，藍天碧海，天地合一的藍色海域，讓人忘情於根須蜿蜒的老榕樹、紅白木棉花和滿眼流連於海域的世界，帶上一份期待抑或驚喜，從廈門的國際碼頭擺渡到對岸，穿過成排斑駁陳舊的漁家小船，還有陳列的巨大集裝箱郵輪、現代的摩天建築如壯麗的畫卷在眼前漸次展開。

登上鼓浪嶼，迎面矗立著民族英雄鄭成功的高大塑像，如今成為鎮島庇護之神，歷史的穿越，就在眼前如倒放電影，鴉片戰爭的硝煙彌漫，再次面對那段恥辱的歷史，誰會想到當年的「東亞病夫」到今天會是世界經濟發展排行第二，繼英、美占地為王之後，西班牙、荷蘭、挪威、法國、德國先後在廈門設立領事並在鼓浪嶼建造領事館，是中國淪為半殖民地的歷史見證，中國的今天令海外中華兒女驕傲，令海外的華僑自豪。

坐著遊覽小火車，聽著導遊小姐款款道來，沿街穿過13個國家的駐華領事館之遺址，駐留如今已成為商號的德國領事館前合影紀念，不禁心生感慨，中國日益強大富強，才會有昔日的領事館為今天的博物館，供遊客參觀，有的已經成為商家店鋪，逝去當年的功能。

當年南洋華僑回國築屋造房，留下歐美風格的建築；中國現代婦產科學的奠基人——林巧稚也是福建人，毓園介紹她一生的貢獻和成就，她親手接生了5萬多嬰兒，作為女人自己卻一輩子獨身未孕，那是多大的犧牲；島上時時音符四起，遊走天下，最美是民族音樂，著名的廈門音樂學校建在島上，聽說招生甚為嚴格，學生至少會一項樂器才有資格錄取；鋼琴造型的博物館裡，陳列愛國華僑胡友義先生收藏的40多架古鋼琴，內有以假亂真的仿西油畫，惟妙惟肖，如置身於歐洲博物館裡一般，因鋼琴擁有密度居全國之冠，故鼓浪嶼被譽為「鋼琴之島」和「音樂家搖籃」。

作者在鼓浪嶼

漫步四十四橋，天海合一，夢幻美景，我們也成為別人眼中的一道風景被欣賞，徜徉景中。四十四橋因設計者年齡而得名，迂回曲折，海水引入園內，別具韻味，宛如遊龍綿延大海，碧水廊橋，登高遠望，全島如畫，盡收眼底。鼓浪嶼是個無車環保島，厚重的木制手推車成為唯一的運載工具，恍如時光倒流，穿越以前我們熟知的時代，回味那時每一天的日常生活，完全靠體力勞作的日子不再。

過海底隧道參觀陳嘉庚的鼇園和集美學村

體驗中國第一條現代海底隧道，向海底延伸深70米，投資上億元，修建多年，技術世界領先，與世界上國際海底隧道相比絕不遜色，廈門的城市建設和管理取之為民用之為民，城市建設發展速度超快，是中國南部現代化大都市之一，也是中國著名的僑鄉大省，享譽海內外，著名的愛國華僑當屬陳嘉庚。

陳嘉庚的家鄉在集美村，我們特意驅車前往拜訪，趕到鼇園已近傍晚，閩南建築風格的陳嘉庚紀念館占地面積10萬平方米，於2003年奠基。紀念館與嫳園、嘉庚公園一體輝映。陳嘉庚出生華僑世家，17歲下南洋經營生意，中年致富，成為東南亞一帶的鳳梨、橡膠大王，一生儉樸為公，傾資捐款興辦教育，赤誠報國的慷慨義舉，深為海內外人士所敬仰，他是我國著名的愛國華僑實業家、教育家、全國政協副主席，中國歷史上極具影響力的華僑楷模。

被毛澤東主席譽為「華僑旗幟，民族光輝」的陳嘉庚，給後人留下寶貴的精神財富和物質財富，他誠毅、正直、無私、無畏、果敢、奉獻等品格，激勵了他的同時代人和後人。鼇園成為現今弘揚中國傳統文化和傳統禮儀之基地，吸引大學校園現場教學，師生共同緬懷，場面壯觀、感人，是大學生接受愛國思想教育最好的課堂。

被他感恩祖國，回報社會，興學報國的情懷所感動，他先後主持興建中西合璧的集美學村和福建省最早的綜合性大學

——廈門大學，建立起一套完整的教育體系，在他的感召力下，不同歷史時期，始終聚集著一批出類拔萃的精英人才，他們從不同領域、不同方面支援、襄助陳嘉庚成就的宏偉大業。

走訪黃家大夫第和福園

在翔安最有名的豪宅莫過於黃家二棟，一棟建於清末民初的紅磚民居「大夫第」，記錄了黃家曾經的家族輝煌；一棟是2009年新落成的歐風德式福園別墅，記錄了改革開放搞活經濟的成果，它們共同見證了黃氏家族由盛而衰又實現復興的過程。

廈門港

黃家兄弟回報祖國社會，不忘家鄉故里，在各自領域，書寫華章，光宗耀祖，不遜當年。世界華文作家交流協會會長黃玉液先生致力文化傳播，是澳大利亞榮譽市民獎章獲得者，也是當地知名愛國僑領。此次與作家婉冰女士夫婦榮歸故里，與親友團聚百感交集，他指給我們兒時住在這裡的臥室，依舊完好地保留著，誰能想像一代世界華文作家就是從這裡誕生，走出武夷，飄洋過海，走向世界，令人無限感歎。

不遠處的歐風德式洋樓福園，更讓人刮目相看，福園的主人黃添福儒雅紳士，採訪中瞭解到他曾經留學德國，住在不來梅，一下子拉近了我們之間的距離，由此對他產生了更大的好奇。1980年他毅然辭去令人羨慕的國家公職，投奔同安外貿公司；1986年又拋下了鐵飯碗，攜帶全家遠赴德國留學定居。在德國的六年時間裡，正是黃添福夫妻人生的最艱難時期。為了生存他們什麼都幹過，洗過盤子，幹過跑堂，開過小餐館，省吃儉用積攢下來的，也是黃添福夫婦人生的第一桶金，每一分錢都是他們辛勤汗水的結晶，這段艱苦的歲月，也培養了他們克勤克儉，吃苦耐勞，愛拼敢贏的閩商傳統美德。

就在國人紛紛出國淘金的時候，他們卻決然成為海歸選擇了回國創業。由開始的中藥到茶葉小生意幹起。最後涉足房地產大宗項目，生意越做越大。1993年黃添福夫婦在同安創辦了廈門興銀實業有限公司；1998年創建了廈門銀福佳園房地產公司，成功開發了新三秀街商住樓區，拉開同安舊城改造的序幕；2002年成立廈門福園房地產公司，在廈門島內黃金地段建造福園公寓；2005年又與廈門銀鷺集團聯手，北上安徽、河南等地，運作百萬平方米建設規模的大型房地產專案，掀開了黃添福置業的新篇章，如今他的足跡遍佈於大半個中國、澳大利亞和德國三國。

他學有所用，把德國人的做事認真和嚴謹作風引進公司的管理體制中，富裕不忘家鄉人，慷慨捐款做善事，回報社會，在當地頗有口碑，事蹟傳為佳話，令人敬仰。黃添福投資興辦的企業累計納稅額已超過5000萬元，解決了一大批村子裡的富餘勞力，帶動了鄉親們走上致富之路，他熱衷公益事業的投資，粗略統計至少有200萬元。

作者採訪黃總。

黃添福先生至今對德國深有情結，他極盡孝道，為了老父的一句話他建起福園，他的福園讓人有到了歐洲德國一樣的感覺；他酷愛文學，為中國傳統文化的海外傳播出資獻力。據說在他們夫婦的牽線搭橋下，遍佈歐、亞、澳三大洲的200多位黃鰲家族成員又凝聚到一起，並陸續回國合力續寫古宅大路富與厝的傳奇故事。

之後我們又參觀了廈門知名企業——銀鷺集團公司和公司所在地馬塘村的敬老院。我們一邊品嘗在世界都有出口的各式銀鷺飲料和八寶粥，一邊傾聽公司的成長壯大的介紹，一個小作坊經過三十年的成長奮鬥，如今已經擁有15000員工的中國飲食行業的龍頭，不得不令人歎為觀止。

坐竹筏游九曲溪攀天遊峰

身穿橘色馬甲，分坐幾個竹筏，艄公頭戴斗笠，手執長杆，9.5公里長的河流上，九曲十八彎，漂泊了90分鐘，寂靜的天地世外桃源，只聞風聲、水聲，還有武夷山的心臟搏動，水流清澈，依稀可見水中紅眼魚的覓食跳躍，享受正午的陽光，遠處野生動物、植物隨處可見，群猴戲耍，山鳥鳴叫生動的一幕盡收眼簾，陶醉其中。

奇峰峭拔、秀水瀠洄、碧水丹峰、風光絕勝。天遊峰之美，削崖聳起，壁立萬仞。武夷山的門票只一元錢，鼓勵居民走出家門遊玩消遣，這又是當地政府的一項立民舉措啦。爬天遊峰的隊伍綿延似蛟龍看不到首尾蔚為壯觀，陡險狹窄，上下一條路，可與「自古華山一條路」相媲美，因無退路可循，很多人被逼無奈堅持成行也爬了上去。

一線天之險，寬50釐米，最窄處30釐米，胖子要事先瞭解自己的三圍，否則收腹提臀也難以進去，那不是無功而返，還遭到遊客的奚落。武夷山典型的丹霞地貌，天然水墨畫展，流水侵蝕、風化剝蝕、坑窪有致，天然雕琢，美妙神仙洞大小不一，武夷山又是三教名山，有漢城遺址、朱熹書院和大量的寺廟，讓作家熱衷駐足留影紀念。

聽導遊戲說大紅袍茶的傳說，它的金貴令人咂舌。大紅袍生長在九龍窠穀底懸崖峭壁上，六株古樸蒼鬱的茶樹，枝繁葉茂。傳說秀才中舉，紅袍加身而得名，距今已有340餘年的歷史。2007年7月最後一次採摘母樹的20克大紅袍茶葉已被中國國家博物館珍藏。

歇息時品味大紅袍和金俊眉的不同，作家各有精彩論道。原來大紅袍是中國烏龍茶中之極品，金駿眉首創於2005年，是在武夷山正山小種紅茶傳統工藝基礎上進行改良，一種創新的工藝研發的紅茶，當地老百姓每天離不開大紅袍、金駿眉，也成了我們造訪武夷山每天必不可少的兩道茶飲。

探訪下梅村民俗古宅

下梅村是武夷山世界文化遺產地的組成部分，也是閩浙贛三省交接的紅色根據地。明清風格的古民居如清明上河圖展開，集磚雕、石雕、木雕藝術為一體，外觀古樸，鄉土氣息濃

作者在竹筏上

郁，形成別具特色的考古建築群。

下梅村現有1300年的歷史，有500多戶2000多人。村民大都以農耕為主，兼茶果栽培和養殖。說起茶藝人人都一套套的說辭，種茶飲茶，講究飲茶養生，古樸、簡陋的民居，沒有維修裝潢的現代元素，一幅古代農村民俗原生態畫卷。

900多米的人工運河穿村而過，沿河兩岸建有涼亭闌杆，古街、古井、古碼頭，古建築、古民居、古集市映入眼簾，加上古風淳樸的民情風俗，造就了典型的江南水鄉風貌。慢生活的老人、婦女坐靠在土樓長廊木椅上，曬著太陽打著磕睡，閒聊逗趣，圍桌打麻將，年輕的母親帶著頑皮的孩子，竹簍式的童車裡傳來哭涕，不時地飄來炊煙飯香的味道，農村生活簡單而幸福的寫照。

1987年10月下梅村歷史上首次對外開放，改寫了下梅村自清代茶市蕭條以來200多年的封閉歷史，下梅民居建築才引起人們的重視和關注，現在對此介紹和研究的書籍多了起來，許多作家當場掏錢買下被推薦的小書小撰。

鄒家比較有名，門面多飾磚雕、吊樓，青瓦屋頂起架平緩，牆體採用立磚鬥砌，木柱板壁，天井自然通風防寒防雨，民居佈局錯落有致，巷道曲徑通幽，結構精巧的閨樓、書閣、花園、廂房，磚雕、石雕、木雕和牆頭彩繪形成下梅古民居的獨特風格。

下梅民俗村門票120元，相對其他景點貴了點兒，聽說國家有扶持貸款，是一個保存完好的古居民俗博物館，下梅窮鄉僻壤隔絕封閉，未因政治運動而有所改觀，具有歷史的考證價值，的確不虛此行，讓人有歷史的穿越感，留在記憶裡，回味無窮。

眼熟錯亂的同安影視城

采風所到之處留下諸多美好的印象，讓人難以忘懷，但是對參訪同安影視城，讓我還不得不吐槽一下。同安作為中國著名的影視基地之一，如今成為對外開放的娛樂城。《西遊記》、《陳嘉庚》等許多國內的宮廷劇都是在這裡拍攝，顯然是商業娛樂兩用地，賺足了銀子。

眼前的小型天安門城樓，讓人眼熟錯亂，心裡很不舒服，在我的心目中，天安門只能在北京。中國人一項熱衷沒有技術含量的低級重複和模仿，同安天安門城樓就是模仿抄襲的典範，在中國各地被拷貝的豈止是白宮、盧浮宮，據說德國的小鎮景點都能照樣原封不動地移植到中國，好生心疼那筆鉅款投資，中華民族的聰明才智都哪裡去了，這樣的東施效顰為哪般，令人心生擔憂呀，其實中國需要用錢的地方太多了，而這樣的樓堂館所越建越多，越建越豪華，歎息娛樂至上，有消費，沒有文化底蘊的時代。

在那裡還大飽眼福滿漢全席的豪華浪費，那不正是現在人追求的餐桌文化嗎？觀看皇帝上朝的繁冗拖遝，民俗拋繡球招親表演，現如今已成為遊客的娛樂遊戲，流連於古今，參觀廈門案犯賴昌星的四合院實物展覽，一個錢字了得的人生寫照，沒有文化內涵，只有浮華的簡單陳列，很容易讓人誤導趨之若鶩呀，我要問開發商了：難道這就是中國人需要的娛樂熱鬧和精神夢想嗎？

P. O. Box 2229 Oakleigh Vic.3166 Australia

Tel: (613) 9569 1472 Email: xinshuiwong@gmail.com

第二屆顧問團與秘書處職守名單

（Nov 2013 - Oct 2016）

名譽顧問：孫穗芳博士（夏威夷）、黃添福董事長（廈門）、陳文壽總經理（雪梨）、雷謙光盟長、柯志南董事長、林見松委員、王桂鶯委員、馬世源會長、陳之彬教授、蘇震西前市長、區鎮標主席、劉國強委員。

學術顧問：陳若曦教授（臺灣）、黃孟文教授（新加坡）、何與懷博士、蕭虹教授（雪梨）、白舒榮主編（北京）、古遠清教授、胡德才院長（武漢）、林繼宗院長（潮汕）、汪應果教授（墨爾本）。

詩學顧問：毛翰教授（福建泉州）、林煥彰、方明（台灣）、秀實（香港）。

常務顧問：黃惠元、游啟慶、鄭毅中。（墨爾本）

醫學顧問：郭乙隆大醫生。（墨爾本）

法律顧問：李美燕大律師。（墨爾本）

顧　　問：黃玉湖（瑞士）、黎啟明（南澳）、趙捷豹、吳天佐、劉彪、蔡旭亮、馮子垣、葉膺焜、黃肇聰、莫華、陳冠群、蘇華響、張雄超（墨爾本）。

秘 書 長：黃玉液（心水）。

副秘書長：尹浩鏐博士（拉斯維加斯）、許均銓（澳門）、池蓮子（荷蘭）、曾心（泰國）、郭永秀（新加坡）、袁霓（印尼）、張奧列（雪梨）、華純（日本）、林楠（加拿大）、王昭英（汶萊）、朵拉（馬來西亞）、洪丕柱教授（昆士蘭）、東瑞（香港）、周永新（亞利桑拿州）、張記書（河北邯鄲）、林爽（奧克蘭）、王勇（菲律賓）。

公　　關：高關中（德國）、方浪舟（雪梨）。

英文秘書：洪丕柱（兼）。

中文秘書：艾禺（新加坡）、婉冰（墨爾本）。

財務秘書：沈志敏（墨爾本）。

網站站長：心水。（墨爾本）。

會友名單：陳若曦教授、（臺灣）、荒井茂夫教授（日本三重）、古遠清教授（武漢）、黃孟文教授、艾禺、寒川、君盈綠、林錦博士（新加坡）、何與懷博士、方浪舟、黃惟群、蕭蔚、趙建英、張曉燕、李富祺（雪梨）。柳青青、為力、張鳳、融融（加拿大）。梁柳英、王克難（洛杉磯）、姚茵博士（馬里蘭州）、黃玉液、黃惠元、沈志敏、齊家貞、陸揚烈、李照然、張愛萍、婉冰、汪應果教授、子軒、張敬憲、倪立秋博士、莊雨、杜國榮（墨爾本）、劉熙鑲博士（昆士蘭）。曉星、孫國靜（印尼）、白舒榮主編（北京）、張可、韓立軍（邯鄲）、欽鴻、程思良（江蘇）、劉紅林（南京）、毛翰教授、古大勇副教授（泉州）、南太井蛙、石莉安、林寶玉、艾斯（紐西蘭奧克蘭）、曹蕙（一級作家）、段樂三、李智明（長蒿）、唐櫻主席、文吉兒（湖南）、胡德才院長（武漢）、郁乃、陳永和（東京），譚綠屏、高關中、倪娜（德國柏林世界報主編）、阿兆、王潔儀、林馥、秀實會長（香港）、林明賢教授、涂文輝教授、林祁教授（廈門）、林燕華（越南）、李國七、杜忠全、小黑校長（馬來西亞）、楊菊清博士（新疆）、蘇相林（遼寧）、王學忠（河南安陽）、方明、陳美羿、朱振輝（道弘、臺灣）、朱運利（汶萊）、羅文輝（江西）、林繼宗院長、辛鏞（廣東汕頭）、凌峰（雲南）、陳圖淵（廣東深圳）、楊玲主編、曉雲、若萍（曼谷）、晨露（沙勞越）、林素玲、溫陵氏（菲律賓）。

釀文學191　PG1459

心的旅程

——世界華文作家看廈門

編　　著	世界華文作家交流協會
責任編輯	陳佳怡
圖文排版	賴英珍
封面設計	王嵩賀

出版策劃	釀出版
製作發行	秀威資訊科技股份有限公司 114 台北市內湖區瑞光路76巷65號1樓 電話：+886-2-2796-3638　傳真：+886-2-2796-1377 服務信箱：service@showwe.com.tw http://www.showwe.com.tw
郵政劃撥	19563868　戶名：秀威資訊科技股份有限公司
展售門市	國家書店【松江門市】 104 台北市中山區松江路209號1樓 電話：+886-2-2518-0207　傳真：+886-2-2518-0778
網路訂購	秀威網路書店：http://www.bodbooks.com.tw 國家網路書店：http://www.govbooks.com.tw
法律顧問	毛國樑　律師
總 經 銷	聯合發行股份有限公司 231新北市新店區寶橋路235巷6弄6號4F 電話：+886-2-2917-8022　傳真：+886-2-2915-6275

出版日期	2016年1月　BOD一版
定　　價	420元

Printed in Taiwan

國家圖書館出版品預行編目

心的旅程：世界華文作家看廈門 / 世界華文作家交流協會編著. -- 一版. -- 臺北市：釀出版, 2016.01

面； 公分

BOD版

ISBN 978-986-445-069-5(平裝)

839.9 104022166

讀者回函卡

感謝您購買本書，為提升服務品質，請填妥以下資料，將讀者回函卡直接寄回或傳真本公司，收到您的寶貴意見後，我們會收藏記錄及檢討，謝謝！

如您需要了解本公司最新出版書目、購書優惠或企劃活動，歡迎您上網查詢或下載相關資料：http:// www.showwe.com.tw

您購買的書名：______________________________

出生日期：________年________月________日

學歷：□高中(含)以下　□大專　□研究所(含)以上

職業：□製造業　□金融業　□資訊業　□軍警　□傳播業　□自由業

□服務業　□公務員　□教職　□學生　□家管　□其它_____

購書地點：□網路書店　□實體書店　□書展　□郵購　□贈閱　□其他

您從何得知本書的消息？

□網路書店　□實體書店　□網路搜尋　□電子報　□書訊　□雜誌

□傳播媒體　□親友推薦　□網站推薦　□部落格　□其他__________

您對本書的評價：（請填代號　1.非常滿意　2.滿意　3.尚可　4.再改進）

封面設計____　版面編排____　內容____　文／譯筆____　價格____

讀完書後您覺得：

□很有收穫　□有收穫　□收穫不多　□沒收穫

對我們的建議：______________________________

____

____

____

請貼
郵票

11466
台北市內湖區瑞光路 76 巷 65 號 1 樓
秀威資訊科技股份有限公司 收
BOD 數位出版事業部

....

（請沿線對折寄回，謝謝！）

姓　　名：________________　年齡：________　性別：□女　□男

郵遞區號：□□□□□

地　　址：____

聯絡電話：(日) ____________________ (夜) ____________________

E-mail：____